狙われた大奥

古来稀《まれ》なる大目付11

藤 水名子

時代小説
二見時代小説文庫

目次

狙われた大奥——古来稀《まれ》なる大目付11

狙われた大奥　古来稀《まれ》なる大目付11・主な登場人物

蓉姫《ようひめ》……先々代のご落胤とされる常陸府中藩《ひたちふちゆうはん》の姫君。

松波三郎兵衛正春《まつなみさぶろべえまさはる》…七十五歳にして大目付を拝命。斎藤道三《さいとうどうさん》の末裔と噂され蝮《まむし》とあだ名される。

桐野《きりの》……三郎兵衛の身辺警護のために吉宗から遣《つか》わされたお庭番《にわばん》。

稲生正武《いのうまさたけ》（次左衛門《じざえもん》）…四名いる大目付の筆頭格。次左衛門は通称。

《葵《あおい》》……精鋭ぞろいの大奥の別式女《べつしきめ》一番組の頭《かしら》《葵》を務める。名は千鶴《ちづる》。

銀二《ぎんじ》……《闇鶴《やみづる》》の銀二の二つ名で呼ばれた大泥棒。改心し三郎兵衛の密偵となる。

勘九郎正孝《かんくろうまさたか》…三郎兵衛が豎子《こぞう》と呼ぶ三郎兵衛の孫。銀二に感化され密偵の真似事に励む。

堂神《どうがみ》……桐野の弟子だった元お庭番。「千里眼《せんりがん》」の術を使う。

雪《ゆき》……八年務めた大奥を去った御半下《おはした》。

松山《まつやま》……大奥総取締役の信任が篤い御年寄だったが大奥から突如姿を消してしまった。

石河土佐守政朝《いしことさのかみまさとも》…三郎兵衛が南町奉行として相役を一年ほど務めた北町奉行。有能な文官。

村田亥五郎《むらたいごろう》…北町奉行所の定町廻り同心。

五平《ごへい》……お庭番配下の小頭《こがしら》。桐野の弟分のような存在。

薫《かおる》……《傀儡《かいらい》》の薫の異名をとる、桐野にとって特別な愛弟子《まなでし》。

《鬼羅漢《おにらかん》》……他人に憑依《ひょうい》し、意のままに操る術《すべ》を身に付けた異能の才の持ち主。

序

※

軽く眩暈《めまい》がしてしばし意識が澱《よど》んだ後、己を取り巻く状況が激変していた。

正確には、長らく失われていた意識が戻ったのだろう。状況はわからぬが、五感は恐ろしく研《と》ぎ澄まされている。

（ここは何処《どこ》だ？）

と思う暇もなく、一面の深い緑と濃い影、時折射し込む明かりに顔を顰《しか》めた。強い木漏れ日が容赦なく目を射てくる。

どうやら山中にいるらしい。

（山中で意識を失うとはどういうわけだ？　白昼の眠りにでも陥《おちい》ったのか）

考えても、わからない。

なにかを察してふと踏み出し、

ツッ……

不意に、奥歯に鋭い痛みが走るような感覚が起こって、思わず足を止めた。

次いで、鳥肌立つほどの寒気を覚える。殺気だ。夥《おびただ》しい殺気が、いつしか己の四《し》囲《い》を取り囲んでいる。

(誰だ?)

だが思うと同時に体が動いていた。

ドォッ、

即ち、振り向きざま、そこにいた黒装束の男の顔面に、拳《こぶし》で一撃くらわせたのだ。

「ぐぎゃッ」

そいつは短く呻いて悶絶した——血反吐《ちへど》を吐いて倒れてゆくとき、その手から、刃渡り十寸ばかりの短刀を取り落としながら。

「きゃーあッ」

「ぎゃーーッ」

「あぁぁぁ〜ッ」

女の甲高い悲鳴が複数、あたりを席巻している。

その悲鳴に弾かれるように、またしても体が勝手に反応している。背後から音もなく襲ってくる刃を躱《かわ》すと、無意識に腰の得物に手を伸ばし、引き抜いて利き手に構えた。得物は、刀身一尺あまりの小脇差《こわきざ》しである。

構えるなり、鋭く左右に薙《な》いだ。

「ぎゃッ」

刃を躱された男が、身を反転して再び向かってくるのを、その切っ尖ごと得物《えもの》を持つ手を払う。手の甲を深く斬られた男は当然得物を落としてその場に蹲《うずくま》る。

夥しい血飛沫《しぶき》が、己の着物に撥ねなかったのは奇跡といっていい。

だが、左腰の帯目に脇差しを手挟《たばさ》んでいると、何故わかったのだろう。豪華な紅梅の打掛に隠れて、そこに脇差しが佩《は》かれいることなど、当人も知らなかった。なのに体が勝手に動いた。

脇差しを所持していたことにも驚いたが、無意識に体が動いて、襲撃者を次々と撃退して行くことに、本人が一番驚いている。

（これは一体？）

己の名も、何故ここにいるのかもわからぬまま、ただ体を動かし続ける。動きを止めれば、即ち命を失うことになる。

（私は、誰だ？）

女たちの悲鳴を無関心に聞き流しながら自らに問うたが、もとよりわかるわけもない。

（それに、なんだ、この装束は？）

打掛の隠れたところに脇差しを手挟んでいたのは意外だったが、見えている部分には赤い綾錦《あやにしき》の袋に入った守り刀を差し、高く結《ゆ》い上げた髪にはいくつもの簪《かんざし》や花笄《こうがい》を挿《さ》しているようだ。動くたび、額《ひたい》のあたりでびらびら簪らしきものが揺れている。

（これではまるで……）

大名の姫君の装いではないか、と思ったとき、悲鳴をあげて逃げ惑う女たちの姿が漸《ようや》く目に映った。

「姫ッ！」

「姫様！」

「誰か、蓉姫《ようひめ》様をお守りせよッ」

女の声に混じって、男の叫び声もした。

（蓉姫？）

無論その名に聞き覚えなどない。

そもそも、己が何処ぞの姫君なのだとしたら、打掛の下に脇差しを手挟んでいるのも妙だし、刺客《しかく》に対して的確に対応できているのも不可解だ。果たして己は、武芸自慢の姫君なのか？

「蓉姫様――ッ」

紋服姿の武士が大刀を手に樹木のあいだを走りまわっている。走りまわり、賊を掃討しようとしているようだが、黒装束の者たちのほうが明らかに敏捷であった。

しかも、刀を帯びた武士よりも、か弱い女のほうが圧倒的に多い。

揃いの浅葱《あさぎ》色の着物に髪を島田に結った女たちは、おそらく御殿女中であろう。足場の悪い山道を逃げ惑い、或いは怯えて立ち竦《すく》んでいる。

そんな女中らを、黒装束の者たちが容赦なく襲う。忍び刀を手に追いまわし、中には、女を凌辱しようと地面に押し倒す者もいる。ガラの悪い刺客であった。

「どうか、お許しくださいッ」

「お願い、許して――ッ」

だが、柔肌を露わにされた女たちが口々に助けを求めるのを目の当たりにした途端、彼女の体内でなにかが激しく爆《は》ぜた。

「おのれ、ゲスどもッ！」

それは、明らかに憎しみの感情であった。

「許さぬッ」

叫びざま跳躍し、跳躍しつつ、空中で打掛を脱いで投げつけると、

「うぬら、恥を知れッ」

女中の上にのしかかる黒装束の背に鋭く斬りつける。

「うギャ――ッ」

斬られた男は忽《たちま》ち悶絶し、そのままその場に倒れ込んだ。

「おのれ！」

黒装束の何人かが、再び彼女に群がってくる。

「うぬらも、戯《たわむ》れていないで、さっさと姫を討ちとれッ」

黒装束の首領と思しき者の叱声が木々のあいだを駆け抜けた。

姫と呼ばれる若い女は脇差しを青眼に構え直しつつ、さり気なく左右に目を配る。

人並み外れて視野が広いため、死角はない。

「…………」

左右から同時にかかってくる二つの刃を同時に避けると、不意に身を翻《ひるがえ》して背後の者を袈裟懸《けさが》けに斬り下げた。

ぎゃ──あッ、
そいつが絶命するのを待たず、すぐ体を反転する。反転する際、一旦下ろした刀を手許《てもと》で返して鋭く斬り上げる。斬り上げた先には当然敵が刃を構えているが、その切っ尖は刃をすり抜け、易々と敵の体に到達した。

「がぁは」

「ぐぶッ」

鋭くまわされた切っ尖は、ほぼ同時に二人の敵を葬《ほうむ》った。

いまや、群がる敵を的確に無駄なく葬っているのは、狙われた当の姫君ただ一人であった。

「おのれ、なにをしておるッ！」

焦る首領の声が再びあたりに響き渡る。

「小娘一人になにを手こずっておるか──ッ」

「だったら、てめえが来いよ」

その傲岸さにはらわたが煮えくり返り、思わず言い返していた。

「………」

「偉そうに。なに、寝言ほざいてやがる」

姫の口から漏れたのは、だが、あまりにも相応《ふさわ》しからぬぞんざいな悪口《あっこう》であった。

「てめえなんざ、膾《なます》にしてやるよ」

言い放った姫の面上には、不敵な笑みすら滲《にじ》んでいた。

だが言っていながら、己の口から何故咄嗟《とっさ》にそんな言葉が飛び出すのか、本人も戸惑っている。姫と呼ばれ、それらしき格好もしているが、言葉つきはまるで、市井《しせい》の破落戸《ごろつき》ではないか。

(私は本当に姫なのか?)

己に問うたとき、

「おのれ、小娘がッ」

首領がむきになって言い返してきた。

小娘の挑発に容易《たやす》くのってきたのだとしたら、随分とお粗末な首領である。

「望みどおり、引導を渡してやるわッ」

言葉とともに、首領は枝上から身を躍《おど》らせてきた、ひと筋の刃と化して——。

「死ねッ」

爆発的な殺気とともに殺到してきた黒装束の者を、だが、姫と呼ばれるその娘は顔色も変えずにその場で待った。太々《ふてぶて》しいまでに落ち着き払った様子で、僅《わず》かも慌てず、怯えもせずに——。

中空で身を翻しながら、黒装束は真っ直ぐ姫をめがけて降りてくる。

「…………」

不意に、姫は地を蹴って跳躍した。

打掛を脱ぎ捨ててしまっているから、身軽に動ける。それにしても、常軌を逸した跳躍力であった。落ちてくる黒装束と空中で一瞬交錯したが、彼を蹴落とす形で更に高く身を舞わせる。

「うっ……」

地上に降り立つ瞬間、黒装束の首筋にチクリと針に刺されたが如き痛みが走る。痛みを感じたその刹那——。

ごぉり、

と首の付け根から抉《えぐ》られるような感覚とともに、彼の首と胴とは分断されていた。

ジャ——ッ、

甚《はなは》だしい血飛沫があたりを席巻したことは言うまでもない。だが、そのときには、姫と呼ばれる娘の体は、黒装束の首領が元々いた杉の枝上にあった。

まさしく、猿《ましら》の身ごなしであった。

首と分かたれた首領の体がゴロリと地面に転がった瞬間、

「姫──ッ」

「姫ッ！」

「蓉姫様！」

護衛の武士と女中たちが口々に呼ぶ声音が山間に溢れた。

「やぁぁぁぁ──ッ」

姫君らしからぬ気合いとともに、彼女は枝上から飛び降り、再び地に降り立った。

降り立った先に別の敵がいて、味方が狙われていたからにほかならない。

血塗られた脇差しが、また一人、黒装束の体を容赦なく斬り裂いた。

ごぉッ、
斬音とも悲鳴ともつかぬ音声とともに、斬られた死体がまた一つ転がる。

「お前たちの頭《かしら》は死んだ。お前たちも、一人残らず死にたいかッ」

斬り捨てざま、姫は声高に叫んだ。

その一瞬間、敵も味方もともに口を閉ざし、山中には束の間の静寂が訪れる。

※ ※

「常陸府中藩《ひたちふちゅう》の姫君が、輿入《こしい》れのため江戸《えど》に上る途中、行方不明になった、だと？」

松波三郎兵衛《まつなみさぶろべえ》は鸚鵡返《おうむがえ》しに問い返した。

就寝前の寛《くつろ》いだひとときに聞かされるにしては、些《いささ》か物騒な話である。

「はい。筑波山《つくばさん》の山中にて御休息中のところを刺客に襲われたらしゅうございます」

「筑波山中で？」

淡々と告げる桐野《きりの》の言葉ですっかり目が覚め、三郎兵衛は首を傾げる。

問い返したいことは山ほどあった。

常陸の国を旅したことはないが、近頃無聊《ぶりょう》を託《かこ》つたびに、諸国の地図を見るのをささやかな楽しみにしている。殊に、北関東の地図は多く出まわっているため、まるで行ったことのある土地の如くに熟知していた。

「府中藩の姫が江戸に向かうのに、何故筑波山を通らねばならん？」

「宗家である水戸《みと》様に挨拶に行った帰りらしゅうございます」

「御家門《ごかもん》の姫であれば、通常江戸暮らしの筈では？」

「蓉姫様は御正室の御子《おこ》ではないので、江戸屋敷でご養育するのが憚《はばか》られたのやもしれませぬ」

「蓉姫の生母は御国御前《おくにごぜん》か？」

「…………」

それまでするすると流暢に答えていた桐野が僅かに眉を顰《ひそ》め、しばし答えを躊躇《ためら》った。

「どうした？」

「ちと、仔細がございまして……」

「仔細？」

「実は、蓉姫は御落胤《ごらくいん》なのでございます」

「御落胤だと？」

「はい。詳しい経緯《いきさつ》はわかりませぬが、御先々代の御落胤と認められて御身内となられたのが数年前。それまでは、町場《まちば》にて暮らしていたそうでございます」

「町場でなにをしていたのだ？」

「さあ……調べがつかぬところをみると、あまり褒められた暮らしではなかったのかもしれませぬ」

「よく御落胤だと認められたものだな」

「どうやら、さる筋からの後押しがあったようでございます」

「さる筋とは？」

「おそらく、当時のご老中の何方《どなた》かではないかと……」

「何故老中が、町場に生まれ育った御家門の御落胤などを後押しせねばならぬ？」

「たとえば、その者の生母が家中の者であったりすれば……」

「………」

複雑な表情で口を噤《つぐ》みつつ、三郎兵衛は納得した。

どの家中にも、探られたくない何らかの事情はある。余程の陰謀がらみでもない限り、穿鑿《せんさく》する気はない。

もとより、府中藩は水戸家の御家門――分家筋であるが、この当時の事情はちょっと複雑だ。

元和《げんな》の頃、府中に封じられていた皆川《みながわ》氏は正保《しょうほう》年間になって領地を継いだ皆川成《なり》郷《さと》が継嗣《けいし》のないまま他界し、断絶となった。

また、神君・家康《いえやす》の十一男で初代水戸藩主である水戸頼房《よりふさ》の五男・松平頼隆《まつだいらよりたか》は、寛文《かんぶん》元年、水戸家領内に二万石の新田《しんでん》を与えられ、分知されたが、元禄《げんろく》十三年、将軍綱吉《つなよし》が、三代目藩主・綱条《つなえだ》の屋敷を訪れた際、新たに府中二万石の領地が与えられた。

それ故、先の新田二万石は水戸宗家に返却され、府中松平藩が誕生した。

しかし、宝永《ほうえい》二年に頼隆が致仕《ちし》すると、あとを継いだ頼如《よりゆき》には子がなく、水戸家の家老・松平頼福の子・頼明《よりあき》が家督を継いだ。

その頼明の子・頼永《よりなが》は、跡を継いで三年目の享保《きょうほう》二十年に亡くなっている。頼永に世嗣《せいし》はなく、異母弟の頼幸《よりとみ》が相続したが、御多分に漏れず病弱な生まれつきで、長生きはできそうにない、と言われている。

輿入れが決まり、宗家への挨拶の帰りに筑波山中にて消息を絶ったのは、家老の子ながら養子に入った頼明の娘で、享保二十年に亡くなった先代当主頼永の妹にあたる蓉姫であった。病弱な現当主にとっては姉妹ということになるが、前々藩主の娘と認められてからまだ日が浅いとすれば、たいした馴染みはないだろう。

馴染みの薄い蓉姫が失踪したからといって、さほど狼狽《うろた》えはしない筈だ。

「それで、蓉姫の嫁ぎ先はどこだ？」

「同じく御家門の宍戸《ししど》藩でございます」

「親戚同士ではないか」

「近頃は珍しゅうございませぬ。親戚同士であれば、なにかと便宜がはかれますし、それに、養子が何代も続くなどして、血は薄まっておりまする」

「なるほど」

三郎兵衛は渋い顔で肯いた。

親戚同士であれば、結納《ゆいのう》や化粧料など、通常金のかかる部類に融通をきかせることもできる。どこも台所事情が厳しいのだ。

「それで、そちの見解は？」

問い返しながらも、三郎兵衛の顔つき口調からは最前までの鋭さが消えている。既に興味を失いつつある証拠であった。

「さあ」

鈍い表情で首を捻る桐野を、内心忌々《いまいま》しく思う。こういう桐野は実に面倒くさい。

「私には、なんともはかりかねます」

本当はある程度目星がついている癖に、わざと愚鈍を装い、三郎兵衛の食指が動くよう仕向けようとする。小賢しいこと、この上ない。

「では儂《わし》が言うてやろう。府中の姫が、もし何者かによって害されたのだとすれば、直接手を下した者が誰であれ、黒幕は水戸宗家だ」

「御前！」

三郎兵衛の一方的な決めつけに、桐野はさすがに顔色を変える。

「お前も同じ考えであろう、桐野?」

「…………」

「慢性的な財政難をなんとかするには、分家を潰してその封地を宗家が没収する以外にない。蓉姫が嫁ぐことで、なまじ廃《すた》れ分家が栄えることを、宗家は喜ぶまい」

「だからといって、おいそれと手を出すわけがございませぬ。有力な御家門があってこそ、宗家の威光が保たれるのでございます」

「大袈裟《おおげさ》な。府中も宍戸も、たいした御家門ではあるまい」

「…………」

「みろ。そちもそう思うておるからこそ、そうして口を噤むしかない」

得たりとばかりに、三郎兵衛は決めつけたが、それこそ、桐野の思う壺というものであった。

「たいした御家門でなくとも、御家門は御家門でございます。……畏《おそ》れ多くも、徳川《とくがわ》宗家にとっての御三家《ごさんけ》と同じく――」

「なに?」

「御家門は、宗家のお世継ぎが跡絶えた際の備えでございます。廃れさせてはなりませぬ」

「………」

桐野の懸命の訴えに、三郎兵衛はさすがに口を閉ざした。

（こやつ……）

忌々しげに桐野を睨むが、桐野は別に恐縮した様子もない。三郎兵衛とのそうしたやりとりにはもうすっかり慣れてしまった。

「ならば、話は簡単だ。その…蓉姫だったか？……町場で育った御落胤は、堅苦しい大名家の暮らしがいやで、自ら逃げ出したのであろう。同じ御家門の簾中《れんちゅう》となって、江戸屋敷で暮らすことになれば、もっと堅苦しい生活を強いられる。自由気ままな町場育ちには耐えられまい」

「………」

「自ら望んで逃げたのであれば、追う必要はない。そっとしておいてやれ」

「御前」

「されば、この話はしまいだ。下がれ」

さも億劫《おっくう》そうに頭の前で蠅でも追うような仕草をする三郎兵衛を、今度は桐野がまじまじと見返した。

「なんだ？」

「何故蓉姫が自ら逃げたなどと思われまする？」

「姫は山中にて消息を絶った、とそちは言ったな」

「はい、申しました」

「刺客に襲われて死んだのであれば、骸《むくろ》は残されておる筈だ。だがそなたは、消息を絶った、と言った。刺客に襲われて行方不明になるというのは、そもそも刺客の襲撃自体が狂言ということよ。本物の刺客であれば、姫を生かしはすまい」

「………」

「違うか？」

「御前にはかないませぬ」

桐野は三郎兵衛から目を逸らし、力無く項垂《うなだ》れた。

「どうした、桐野？」

三郎兵衛は白々しく問い返す。

「実は――」

思い詰めた顔つきで言いかけて、だが一旦止め、しばし口を閉ざしてから、

「蓉姫は伊賀《いが》の育ちで、忍びの技を身につけている、というまことしやかな噂がある

のでございます」

　思いきって、桐野は言った。

「なんだと？」

　三郎兵衛はさすがに顔色を変えた。

「どういうことだ？」

「…………」

「常陸府中の御落胤の姫が、何故伊賀で育つ？」

「それは……」

　桐野が口ごもると、

「まあ、よい」

　三郎兵衛はあっさり頷いた。

「この世に数奇《すうき》はつきものだ。絶対にあり得ぬ、とも言い切れまい。だが、伊賀の忍びの中で育った御落胤の姫が、婚儀を前に姿を消した、となれば話は別だ。そこにはいくつもの必然がつきまとう」

「では、府中の蓉姫の捜索は？」

「捜索は、府中藩の者が行うであろう。そちの手の者は府中藩を見張れ。……それが、そもそちの狙いであろう?」

「御前にはかないませぬ」

軽く嘆息してから、桐野は微《かす》かに唇を笑ませた。

(なにを言いやがる。はじめから、儂にそう言わせようと目論《もくろ》んでおったくせに)

喉元《のどもと》まで出かかる言葉を、三郎兵衛は辛うじて呑み込んだ。

己の目論見を、さも三郎兵衛の考えであるかの如く彼の口から語らせる。いつもの桐野のやり方だ。

なにもかも、桐野の思いどおりになったとは思いたくない。いま、桐野に向かってなにか言葉を返せば、即ちそれを肯定することになってしまう。それが癪《しやく》に障《さわ》るので、もうそれ以上、一言も発するつもりはない三郎兵衛であった。

第一章　蠢《うごめ》く間諜網《かんちょうもう》

一

「大奥《おおおく》の別式女《べっしきめ》を、しばらくのあいだ宿下がりさせる手だてはないか、ですと？」

稲生正武《いのうまさたけ》はしばし表情を無くした顔で三郎兵衛を見つめていた。

この数日、芙蓉之間《ふようのま》を訪れてはなにか物言いたげにしていた三郎兵衛が漸《ようや》く重い口を開いたと思ったら、あまりに意想外なことを言い出す。稲生正武の思考が停止するのも無理はなかった。

しばしの沈黙の後、

「一体どういうことでございますか、松波様？」

我に返って稲生正武は問い返す。

「どうもこうもない。そのままの意味だ」

「別式女ならば、御中臈《おちゆうろう》や御半下《おはした》に比べると頻繁に宿下がりできるのではございませぬか？」

「さすがになんでもよく知っておるな。だが、日数が厳しく決められていて、許し無く長期滞在することはできぬ。……たとえば、実家の親が急な病に倒れた、とか言えば、好きなだけ宿下がりしていられたりはせぬか？」

「さあ……それがしは存じませぬ。別式女と親しくしておられるなら、直接その別式女にお尋ねになればよろしゅうございましょう」

「………………」

鋭く指摘されると、三郎兵衛は気まずげに口を噤《つぐ》む。本人に訊けるくらいなら、よりによって、稲生正武などに尋ねていない。口には出さぬが、稲生正武を睨んだその目が如実にその内心を物語っている。

稲生正武もまた気まずげに口を閉ざしたが、ふと首を傾げつつ、

「ですが、松波様は何故、別式女を長逗留させたいのでございます？」

ズバリと核心を突いてきた。

「その者は、武芸に優れ、格段に腕が立つ上に類《たぐ》い稀《まれ》な気働きもできる。しばし儂《わし》の

手許《てもと》におき、儂の仕事を手伝わせたいのだ。他意はない」

狼狽《うろた》えずにスラスラと応えたつもりであったが、稲生正武が注視していたのは別に三郎兵衛の表情ではない。

（噂はまことであったか）

そのことに、稲生正武は驚いていた。

（古稀《こき》を過ぎた《蝮《まむし》》殿が、なんと、老いらくの恋とは……）

と目を見張っていよう内心はひた隠し、

「とはいえ、腕の立つ者ならば他にもおりましょうに、何故別式女でなければなりませぬ？」

無表情に、稲生正武は問うた。

少しでも揶揄《やゆ》するようなそぶりを見せれば、なにをされるかわかったものではない。

その証拠に、三郎兵衛はそろそろ苛立ちをみせはじめている。

「だから、いまも言うたとおり、儂の仕事に必要だからだ」

「答えになっておりませぬな。気働きができ、武芸に秀でた者であれば、他にもおりましょう。別式女である必要がございまするか？」

稲生正武は執拗であった。

（こやつ……）

三郎兵衛は最早《もはや》心中の苛立ちを隠そうとはしなかった。

「しつこいぞ、次左衛門《じざえもん》」

無論稲生正武が執拗なのは、三郎兵衛の弱味を握ろうと躍起になっているが故なのだ。それがわかるから、三郎兵衛は一層腹が立つ。

「何故、別式女でなければならぬか、だと？」

懸命に平静を装いつつ、三郎兵衛は問い返した。

「よくぞ訊いたな、次左衛門」

言葉とともに、全身全霊で稲生正武を睨んだ。

ごく普通の肝っ玉しか持たぬ者であれば、睨まれただけで縮み上がったであろう。しかし、稲生正武は一向平然としている。慣れとは恐ろしい。仮に、ここで三郎兵衛を激昂させたところで、拳固を一発食らえばすむことだ、と開き直れば、特段どうということもなかった。

「是非とも伺いとうございます」

「………………」

一瞬言葉を呑み込んでから、だが三郎兵衛は強い語調で言い募った。

「では、聞かせてやろう。その別式女は、一度見た者の顔を決して忘れぬ」

「なるほど、それはたいした特技でございますな」

「そうであろう」

稲生正武が同意を示したので、調子に乗って三郎兵衛は続ける。

「そ、それに、女子であれば、女中などに化けさせ、敵中に潜入させることも可能ではないか」

「ならば、桐野の配下のお庭番《にわばん》を用いればよいではございませぬか。お庭番にも、物覚えのよい女子はおりましょう」

「…………」

三郎兵衛は不覚にも言葉に詰まった。

「寧《むし》ろ、お庭番にやらせるのが自然でございます」

「わからぬ奴だな。その別式女は、なにをやらせても別格なのだ。あれほどの働きができる者はお庭番にもそうはおらぬ。これ以上つべこべぬかすと、ただではすまぬぞ、次左衛門ッ」

「…………」

文机を挟んだ至近距離から怒声を放たれて、稲生正武は漸く沈黙した。

覚悟して一旦は開き直ったものの、矢張り拳固を食らいたくはない。

しばし沈黙した後、

「松波様は、その者に懸想しておられるのではございませぬか？」

極めて遠慮がちな口調で、稲生正武は問うた。

「な、なんだと？」

あまりにも直截な言葉で問われ、三郎兵衛は再び絶句する。

「それがしには、そうとしか思われませぬ」

言い返す稲生正武の声音は、残念ながら震えを帯びた。

「貴様、儂を幾つだと思うておる」

「年齢《とし》は関係ございませぬ。それに、老いらくの恋ということもございます」

「たわけがッ」

怒声とともに、三郎兵衛のきき手が、稲生正武の首を絞めている。

「ぬぐぅ」

稲生正武は苦しげに呻き、容易《たやす》く懇願した。

「お…おやめくだされ、松波様」

「貴様がたわけたことを申すからだッ」

言い放つとともに、三郎兵衛は稲生正武の体を易々と投げ捨てる。

「ぐふッ……」

尻から先に落下した稲生正武は容易く悶絶した。

「よいか、次左衛門、金輪際《こんりんざい》つまらぬことで儂を揶揄してみよ。殿中であろうと何処《どこ》であろうと、躊躇《ためら》わず命を貰うぞ」

「…………」

「ったく、つまらぬことをぬかしおって……」

口中になお怒りを発しつつ稲生正武に背を向けた三郎兵衛は、そのまま芙蓉之間を去った。


（くそう、次左衛門の奴め）

下城する道々、三郎兵衛の腹立ちは未だ治まっていなかった。

自ら進んで別式女のことを話題にした己が悪いなどとは夢にも思わない。

（よりによって、老いらくの恋だと？　儂を、年寄り扱いしおって……）

その一点にのみ激昂しているということは、即ち稲生正武の疑いを肯定しているようなものなのだが、本人は全く気づいていなかった。

（あれは……《葵《あおい》》は、娘のようなものだ。女子《おなご》と思うたことなど一度もないわ）

湧き起こる怒りを隠そうともせず大手御門《おおてごもん》を出たところで、

「卒爾《そつじ》ながら──」

不意に声をかけられ、三郎兵衛は反射的に足を止めた。

「大目付・松波筑後守《ちくごのかみ》様とお見受けいたします」

「………」

無言で険しい視線を向けると、年の頃なら五十がらみ、黒紋服姿の武士である。ご城内には珍しくもない人種だ。

「それがしは、常陸府中藩江戸留守居役《るすいやく》の橋本縫殿助《はしもとぬいのすけ》と申しまする」

名乗って、橋本縫殿助は深々と頭を下げた。

（常陸府中というと、例の……）

三郎兵衛は咄嗟《とっさ》にそのことを思い出した。どんなに感情が激しているときでも、意識の中には常に僅かばかりの冷静さをとどめている。それが、松波正春《まさはる》という男だ。

（しかし、一体なんの用だ？）

三郎兵衛が無言のまま訝《いぶか》っていると、

「その節は、お世話をおかけいたしました」

その男は言い、更に深々と頭を下げる。

「ああ、その後、姫のお加減はどうなのだ？」

すぐに合点のいった三郎兵衛は表情を弛《ゆる》めて問い返した。

御家門への嫁入りが決まっていた御落胤の姫が山中で消息を絶ったというのは、府中藩にとってこの上ない不祥事である。それが姫の意志による出奔であれば、尚更だ。婚姻については既に将軍家の許可もおりていたため、いつまでも先延ばしにするわけにはゆかず、結局姫が病に伏した、という扱いにしたのだ。不祥事をなかったことにする常套手段であった。

「御殿医も手を尽くしておりまするが、未だご本復の見込みはなく……」

と答えた橋本の真意は、

「拙藩にても懸命に捜索にあたっておりますが、姫の行方は杳《よう》として知れず……」

という意味に相違ない。

「うむ。一日も早くご本復していただきたいものだな。こちらからも、腕の良い医師を遣わそう」

三郎兵衛は笑顔で応えた。

こちらもお庭番を遣わして捜させている、という意味のことを伝えてから、改めて橋本縫殿助を見る。ごく普通の容貌の中年の武士である。江戸詰《づめ》が長く、おそらく国《くに》許《もと》のことには不案内であろう。失踪した姫とも面識はない筈だ。ただ、江戸留守居役としての務めを果たしているに過ぎないということは、一見してわかった。

それにしては、下城途中の三郎兵衛を目聡《めざと》く見つけてわざわざ声をかけてくるなど、なかなかの遣り手である。大方、この機会に大目付に顔を繋いでおいて損はない、といった程度の考えであろうが。

「有り難き幸せに存じます」

「いや、そちも大儀であった」

万一誰かに聞かれても問題のない、ごく普通のやりとりであった。

もとより三郎兵衛は、ごく普通の会話以外の言葉を、橋本縫殿助と交わすつもりはない。それは橋本も同じであろう。

「それでは、それがしはこれにて――」

それで、己に与えられた使命のすべてが終わったという安堵顔になり立ち去ろうとするのを、

「おい、橋本」

三郎兵衛はふと呼び止めた。

三郎兵衛は問う。

「はい？」

恭《うやうや》しく頭を下げ、踵《きびす》を返して去ろうとする男に、

「貴様は、蓉姫とは面識があるのか？」

「え？」

橋本縫殿助は一瞬間言葉に詰まった。

答えを躊躇い、目が泳ぐのを確認した瞬間、三郎兵衛の疑念は確信に変わった。

三郎兵衛の問いに他意はない。江戸詰の長い留守居役が、数年前陣屋に迎えられたばかりの御落胤の姫と面識があるのか、という単純な疑問だ。なければ、

「ございませぬ」

と即答すればよい。それができぬのは、なにかそこに後ろめたさのある証左であった。

「貴様、さては姫を亡き者にせんとした一味の者だな」

「…………」

橋本縫殿助は反射的に後退《あとずさ》る。

三郎兵衛もまた反射的に踏み出し、

「痴《し》れ者がッ」

怒声とともに、拳で、橋本縫殿助の鳩尾《みぞおち》を突いた。

ぐふッ、
と低く呻いて、橋本縫殿助は失神する。

「桐野」

口中に呟くほどの声音で、三郎兵衛は呼んだ。

「…………」

音もなく近づいた者が三郎兵衛の足下に跪《ひざまず》くが、その違和感に三郎兵衛は思わず飛び退いた。

「誰だ？」

誰何《すいか》するまでもなく、

「桐野様の配下、寛七《かんしち》でございます」

その者は名乗った。

見れば、二十歳そこその若侍だ。

「桐野はどうした？」

三郎兵衛は厳しく問い返す。

「ただいま、どうしても手の放せぬ案件で奔走されておられます故、それがしが御前《ごぜん》の警護を仰せつかりました」

「そうか」

些《いささ》か拍子抜けしつつ三郎兵衛は肯いた。

「では、寛七、この者を連れ帰り、詰問することができるか？」

「はッ、仕《つかまつ》りまする」

「桐野抜きで、できるのか？」

「しかとできるかはわかりませぬが、できる限り務めまする」

応えるなり寛七は進み出、意識をなくした橋本縫殿助の体を軽々と抱えあげる。

「どうする？」

「このまま隠れ家に連れ帰ります」

「人に見られるぞ」

「斯様《かよう》に――」

と言い様、己の羽織を脱いで縫殿助の頭をスッポリ被《おお》うと、

「いたしますれば、気分の悪くなった者を介抱しているかのように見えるかと」

尤《もつと》もらしい口調で寛七は述べた。

三郎兵衛はその様子をじっと見据えたきり、「可」とも「不可」とも言わなかった。

見えるかどうかは、五分五分だと思えたからだ。

（大丈夫なのか、この若造。うちの豎子《こぞう》より若いのではないか？）

心中密かに案じていたが、口には出さなかった。桐野が自ら指導し、己に代わって三郎兵衛の身辺に配している者だ。三郎兵衛が老婆心を発揮する必要はない。

橋本縫殿助の体を軽々と抱えて物陰へと姿を消す寛七の後ろ姿を、三郎兵衛はぼんやりと見送った。正式な下城の時刻ではないため、幸いそのあたりに殆《ほとん》ど人影はなかった。

二

薙刀《なぎなた》の極意は、高く振り上げ、振り下ろす際の刃の速さにある、といえるだろう。刃の重みによってさほど力をこめずとも楽に振り下ろすことのできる薙刀は非力な女向きの得物《えもの》として戦国の頃より広まったが、その歴史は存外古く、平安《へいあん》時代に端《たん》を発する。合戦の際の戦闘が騎射から徒歩戦《かちいくさ》へと変容する過程で用いられるようになった長柄《ながえ》武器の一つであった。

源平《げんぺい》合戦の頃から室町《むろまち》期にかけ、主に徒歩で戦う下級武士のあいだで使用されてきた。

　その後、戦の主流が一騎打ちから集団戦闘へと移行するにつれ、刃の重みで遠心力を増し、より広い可動域を必要とする薙刀は下手《へた》をすると味方を傷つけるという理由で敬遠されるようになり、斬る、突くのみの単純動作で敵を屠《ほふ》れる槍が、専《もっぱ》ら戦場の主流となってゆく。

　それ故薙刀は、戦国以降、女子の得物として定着することになるが、男子並の膂力《りょりょく》を有する者に持たせればまた趣《おもむき》を異にするようだ。

　流派によって技の名称に違いはあれ、真一文字に頭上を狙ってくる切っ尖を受け止め、鎬《しのぎ》に沿って組足《くみあし》にて水月《すいげつ》まで斬り下げ、抉《えぐ》り突く、というのが基本中の基本の技だ。故に、その一手のみをひたすら磨きあげる者も少なくない。

　しかるに《葵》は、両手に構えた薙刀を、頭上に掲げて一旋《いっせん》すると、体を躱《かわ》し、大きく飛び退《すさ》る。ややもすれば、刃の重みで振りまわされる筈の得物を、難無く操り、寧ろ刃の遠心力を利用して縦横に動きまわる。

　さながら、飛燕《ひえん》の如く、胡蝶《こちょう》の如く——。

　振りまわすほどに重みが増して負荷がかかる大薙刀を軽々と操り、自在に動きまわるそのさまは、まさしく源平合戦の女武者そのものであった。

自由闊達な《葵》の姿に、そのとき三郎兵衛は手放しで見蕩《みと》れていた。

故に、

「見事じゃ、《葵》！」

つい、無意識に口走ってしまう。

「まさしく巴御前《ともえごぜん》じゃのう」

「そんな……お褒めの言葉が過ぎます、松波様」

《葵》こと千鶴《ちづる》は即座に構えをとき、刃を下に向けつつ、気恥ずかしげに目を伏せた。

そんなゆかしい態度もまた好もしい。

それ故三郎兵衛の語調は無意識に強くなる。

「いいや、まことにもって素晴らしい。儂は滅多に世辞など言わぬ男だぞ」

「…………」

「ま、まことにもって素晴らしゅうございます、《葵》様」

三郎兵衛の背後からじっと見守っていた若い武家娘も、そのとき、とってつけたように口走った。

年の頃は十七、八。松波邸から三軒先にある二千石の旗本・大木《おおき》家の娘で、名を貴《き》美《み》という。父親の大木備前守《びぜんのかみ》は御先手組頭《おさきてくみがしら》の身分ながらも——いや、だからこそ、娘を、万石取りの御家門の当主に嫁がせたいという願いがとびきり強かった。強く願ったからといって、必ずしも叶うとは限らないが、兎《と》に角《かく》縁談は成立した。

三郎兵衛とは、ご近所故に、顔を合わせての挨拶以外にも、盆正月の挨拶を交わす程度のつきあいである。

千鶴はゆるりと貴美に向き直り、

「貴美殿、ひととおりの型はお見せいたしました。そろそろお手合わせいたしましょうか?」

と笑顔で促すが、

「い…いいえ、見せていただいただけで充分でございます」

貴美は即座に首を振った。

「え?」

「もう充分、ご教授いただきました。有り難うございます」

「なれど、実際に手合わせいたさねば教授したことになりませぬよ」

手合わせを拒む貴美に、千鶴は当然戸惑った。

「いいえ、いいえ、もう充分でございます。これで、大奥の別式女様にご教授をうけたと婚家に誇れます。嫁入り道具の薙刀も無駄にならずにすみます」

貴美は激しく頭《かぶり》を振り続け、千鶴は一層困惑した。

一手ご教授願えませぬか、と言ってきたのは貴美のほうではないか。流派の違いもあろうから、先ず、ひととおり型を見せてから実際に薙刀を使わせるつもりで、貴美にもそう告げていたのだ。稽古の一つもつけずに、教授したとは言い難い。

「折角の御宿下がり中に無理を申しまして、まことに申し訳ございませんでした」

「別にそれはよいのですが……」

「まことに、有り難うございました。この御恩は生涯忘れませぬ」

「それほどのものではありませぬ。ちょ……ちょっと、お待ちなさい、貴美殿――」

「では、これにて失礼いたします」

貴美はそそくさと後退って踵を返し、即ち足早に歩き出す。

「本人がそれでよいと言うのだから、よいだろう」

三郎兵衛は一歩進み出て、それ以上千鶴が貴美を呼び止めようとするのを阻止した。

「ですが、松波様――」

「よいから、縁先で茶でも飲もう。体を動かしたので、喉《のど》が渇いたろう」

三郎兵衛に促されると、さすがに千鶴は絶句する。が、そそくさと去る貴美の後ろ姿を見送りながらも、千鶴は未だ釈然としない。

「貴美殿は一体なにをしに参られたのです？　ただ型を見せただけでは、実際に教授したことにはなりませぬ」

「だからといって、そなたが稽古をつけたところで、たいした意味はない」

「え？」

「あの者は、これまで一度も薙刀の稽古などしたことはないのだ。そなたが、ほんの一刻かそこいら稽古をつけたところで、使えるようにはならぬ」

「それは、まことでございますか？」

「ああ、まことじゃ」

「なんと……」

千鶴は絶句した。

「怒るなよ、《葵》」

「怒りませぬ」

千鶴の承諾を得たところで、三郎兵衛は長嘆息し、それから徐《おもむろ》に言葉を継いだ。

「あの貴美という娘は、そもそも武芸になどこれっぽっちも興味はない。……同じ年頃の旗本の娘らと寄り集まっては、男の話や流行《はや》りの着物や化粧の話にばかり夢中になっておる」

「男や、流行りの着物の話でございますか？」

「ああ、当世武家の娘と雖《いえど》も、武芸の嗜《たしな》みのある者は稀だ。ところが、御当代の御世になってからというもの、俄《にわか》に尚武《しょうぶ》の気風が漂い、上様を憚《はばか》ってか、嫁入り道具に薙刀を持たせる家も増えた。ろくに稽古したこともないというのにのう」

「それでは、持たせたところで、宝の持ち腐れではありませぬか」

千鶴はさすがに呆れ声を出す。

「いまの世の中、そんなものだ。近頃では女子どころか男でも、武芸に精進する者は珍しい。……狡《ずる》い者になると、ほんの数回道場に通うただけで、免許をいただいたなどと平気で嘘を吐《つ》く」

「然様《さよう》な嘘は、すぐに露見いたします」

「別に、露見してもよいのだ」

諦め気味に応える三郎兵衛を、千鶴は無言で見つめた。偽りのない素直な瞳でじっと見つめられると、三郎兵衛もさすがに窮するしかない。

「露見したからといって、なんの咎《とが》も受けはせぬ」

「ですが、承知の上で虚言を吐くなど、武士にあるまじき行いです」

「ああ、そのとおりだ」

「ならば、何故！」

「方便《ほうべん》だ」

短くも強い三郎兵衛の言葉に、千鶴は容易く絶句した。

「世の中は、おしなべて、方便という名の嘘で成り立っておる。そなたも最早若くはないのだ。わかるであろう」

「…………」

千鶴が口を噤んだのは、「もう若くない」という三郎兵衛の言葉に反発したわけではない。驚いたのは、方便という名の嘘のほうである。

「大方あの者は、『大奥の別式女から直々《じきじき》に薙刀の指南を受けた』と婚家で吹聴するつもりであろう。別式女の弟子と聞けば、相当の使い手と思われるからのう」

「そんな！　困ります！」

千鶴は本気で困惑した。

「実際にはなにも教えていないのに、外で言い触らされたりしては……」

「まあ、そうむきになるな」

宥める口調で千鶴を遮《さえぎ》ってから、

「婚礼の祝儀とでも思うて許してやってくれぬか。儂に免じて。……儂にとっては、これも近所づきあいなのだ」

長嘆息とともに三郎兵衛は述べ、千鶴もつられて嘆息した。三郎兵衛の言うことはよくわかる。甚《はなは》だ呆れた話だが、それが現実なのだろう。

千鶴はもうそれ以上、その話題を蒸し返そうとはしなかった。

大奥の別式女である千鶴が、宿下がりで松波家を訪れるのは、これが二度目である。必要に迫られての初回訪問は別として、二泊三日の常の宿下がり先として、千鶴は続けて松波家を頼っている、ということだ。

与えられた宿下がりは二日間。

一日目は軽く手合わせをしたり、碁を打ったりして屋敷内でゆっくり過ごし、もう一日はともに江戸の市中を散策した。千鶴の碁は、名手というほどではなかったが、三郎兵衛を退屈させぬ程度には打てたので、暇つぶしの相手にはちょうどよかった。少なくとも、勘九郎《かんくろう》よりはかなりましだった。

ともに時を過ごしていて、三郎兵衛にとってこれほど心地よい女子は、はじめてであった。

かといって、色恋ではない。少なくとも、三郎兵衛はそう思っている。

三郎兵衛にしてみれば、気の合う娘ができたくらいのつもりであったが、さすがに近所では噂になった。即ち、三郎兵衛が今更ながら後添いをもらったのではないか、という噂である。

他愛ない噂なら放っておけばすむことだが、この先末永く千鶴を当家に出入りさせるためには、あまり好もしくない。

少なくとも、別式女《葵》の名節《めいせつ》に瑕瑾《きず》を付けるわけにはいかなかった。

それ故、近々嫁ぐ娘に、薙刀の稽古をつけてもらえまいか、という大木家の妻女の願いを、

「別式女は宿下がり中であるから、遠慮してもらえぬか」

一旦は無下《むげ》に断るそぶりを見せてから、

「だが、祝い事となれば致し方あるまい。頼んでみよう」

恩に着せて、引き受ける必要があった。

恩に着せることで、「あれはただの知り合いの別式女で、断じて後添いなどではない」ということを、お喋りな妻女の口から近所に触れまわらせようという目論見であった。

「折角の宿下がり中というのに、すまんな」

大木家の娘・貴美が、別式女の千鶴に薙刀の教授を願って松波家を訪れたとき、三

郎兵衛はやや恐縮気味に切り出したが、千鶴はもとよりいやな顔などする筈がない。

大奥の別式女が武芸の達人揃いというのは巷間《こうかん》にも広く知られている。実家に宿下がりしていた頃にも、何度か頼まれたことがあった。

「なんの造作もございませぬ」

三郎兵衛の頼み事を、千鶴が断る筈がないのは想定内である。

「嫁入り道具に薙刀を携えるのに、全く心得がないのでは格好がつかぬと泣きつかれてな。……大奥の別式女から直々に稽古をつけてもらったと言えば、多少は箔が付く。宿下がり中なのに、すまぬな」

「薙刀の稽古くらい、お安いご用でございますが、私自身はそれほど得意な得物ではございませせぬよ」

再度くどくどと言い訳する三郎兵衛に、生真面目な千鶴は寧ろ申し訳なさそうに言い返した。

「そうなのか？」

「はい。一応、天道流《てんどうりゅう》の免許はいただいておりますが、十四、五の頃のことで。その後剣の道に進みましてからは、剣一筋となりました。大奥のお女中たちへの指南も、日頃は他の者に任せることが多うございます」

「そなたにも苦手《にがて》があるとはのう」

「苦手というほどではございませぬが……相性が、あまりよくない気がいたします」

屈託のない女丈夫《じょじょうふ》が珍しく曖昧な態度を見せるので、実際の腕前はどうなのか、三郎兵衛は興味津々であった。

そして、舌を巻いた。

（これで、さほど得意ではないというのか？）

実際に薙刀を手にした千鶴の身ごなしを目《ま》のあたりにしたときは、

（別式女最高峰の《葵》であれば、当然のことか）

ただ納得するしかなかったが。

「そういえば、この薙刀は？」

千鶴がふと、手にした薙刀と三郎兵衛を見比べながら問う。

はじめて手にしたにもかかわらず、意外にもしっくりきたのは、それが堂々たる業《わざ》物《もの》であるからではないのか。

そそくさと立ち去った貴美の持ち物でないとすれば、松波家に元々あった物ということになるが、もとより松波家は男所帯だ。

（もし、女人の得物があるとすれば……）

千鶴は当然の答えに辿り着く。

「これは、儂の亡妻《つま》の嫁入り道具だ。さほど使えるほうではなかったが、ひと通り、型だけは覚えておったな」

千鶴の疑問の意味を瞬時に察して三郎兵衛は応えたが、千鶴は己の予感が的中したことに激しく恐縮した。

「奥方様のお形見の品……」

顔色を変えてその場に膝をつくと、黒塗りの柄の刀身近いところに菊の花の蒔絵が施されたその薙刀を、

「左様に大切なお品を私などが触れてしまい……畏れ多うございます」

千鶴は恭しく捧げ持つ。

「大袈裟《おおげさ》な……」

苦笑を堪えつつ、三郎兵衛はそれを手にとった。

もとより、千鶴が恐縮するほど、その薙刀の持ち主は、己の得物に思い入れがあったわけではない。三郎兵衛にとってはあまりに遠い日のことで、思い出すのも難しいが。

「そなたのような手練《てだれ》に触れてもらえて、薙刀も本望であろうよ」

「畏れ入ります」

(娘をもったことはないが、もしいればこんな感じなのかのう)

お喋り好きで快活だが、武家の女らしい折り目正しさを失わぬ千鶴は、まさしく理想の娘のようだと三郎兵衛は思った。晩年といえる歳《とし》になってそんな娘をもてたことは、夢のような僥倖《ぎょうこう》であった。

三

「奥仕えの者が、ごっそり姿を消した、だと?」

さも意外そうに眉を顰《ひそ》めて問い返しつつも、三郎兵衛は己の芝居が見え透いたものにならぬよう、極力注意した。

「はい。このひと月くらいのあいだに、ざっと十名近くも——」

「どういうことだ?」

千鶴がまだ言い終えぬところへ、やや忙《せわ》しなく三郎兵衛は問うた。

千鶴の語る内容に大方予想がついている、とは思わせないためだ。

「いつからとははっきり申せませぬが、身分や役目は違えど、黙ってこっそり大奥を去る者が急に増えたのでございます」

とりとめのない雑談のときとはうって変わって真剣な顔つきで千鶴は述べる。

「こっそり去る、とは？」

「宿下がりや、主人の使いで城外に出た際、そのまま戻らず行方をくらましてしまうのです。ですが、そんな者はこれまでにもおりましたし、特段珍しいことではございませぬ」

「では、そういう者がたまたま多かったということではないのか？」

「ですが、そういう者は、まだ大奥に来て日が浅い新参者が殆どです。大奥の暮らしに馴染まず、最初の宿下がりを待って逃げ出すのです。それも、せいぜい、一度に一人か二人でございます。何年も勤めて大奥に慣れた者は、おいそれと逃げたりいたしませぬ」

千鶴の口調は厳然たる確信に満ちていた。

こういうときの千鶴が、実は一番危険であることを、三郎兵衛は知っている。

「ところが、此度《こたび》逃げた者の殆どは、大奥勤めが十年余にも及ぶ古参の者たちばかりなのでございます」

「…………」

「到底、尋常の事態とは思えませぬ」

　という千鶴の言葉には、

（まあ、尋常の事態ではないからな）

　心の中でだけ応えてから、頻《しき》りに首を傾げつつ、

「古参の者が逃げるのはそれほど珍しいか？」

　窺うように、三郎兵衛は問うた。

「全くないとは言えませぬが……」

「そうだろう。お店《たな》でも武家奉公でもそうだが、古参の者は、勤めを怠けて外に楽しみを見つけるのが上手《うま》い。秘密の情人を作ったりしてな」

「情人を？」

　千鶴は少しく眉を顰める。それが、三郎兵衛が口にするにはあまり相応《ふさわ》しくない言葉だと思ったためだろう。

「ああ、遊びのつもりの情人にのめりこんで、逐電せんとも限らんだろう」

「仮に、外に情人がいたとしても、大奥を去ってまで男に添おうとする者は寧ろ稀でございます」

「何故わかる？」

「大奥で古参の者は皆、己の仕事に誇りを持っております」

「如何に誇りを持ったところで、所詮籠《しょせんかご》の鳥ではないか。古参の者ほど、逃げ出したいと思うておるかもしれぬ」

「…………」

「そうであろう」

三郎兵衛は畳み掛けた。

「そうかもしれませぬが……」

千鶴も一旦は納得しかけるが、

「いいえ、己の勤めに誇りを持つ者は、おいそれと逃げ出したりはいたしませぬ」

途中で思い返すと、断固として言い切った。

「それに、外の者にとって、大奥は牢獄のようなところに思えましょうが、ひとたび慣れてしまえば、牢獄を心地よく思う者もおります」

一度強い意志を固めると、存外冷静な口調で淡々と述べる。

「そんなものかのう」

三郎兵衛は半信半疑の顔をする。

「牢獄の中は、存外平安であります故――」

千鶴は言い、僅かに唇の端を弛めて微笑《ほほえ》んだ。

出戻り故に実家に居場所のなかった千鶴にとっても、大奥は存外居心地のよい場所なのかもしれない。なにより、大好きな武芸を思う存分研《みが》くことができる、という意味では牢獄どころか、極楽とも思えるのだろう。

「それで、総取締役殿は、事の次第を調べるため、此度もそちを遣わしたということか？」

「いえ……」

だが、それまで雄弁であった千鶴が、ふと顔を曇らせて口ごもる。

「どうした？」

「此度は……」

「此度は？」

「私の一存にて参りました」

思い決して、千鶴は言った。

「総取締役様は、しばし静観せよ、と仰せられました。……なれど、どうしても、見過ごしにできず……」

「それでは、掟《おきて》破りではないのか？」

「宿下がりを利用して参りましたので、掟破りにはなりませぬ」

「だが、許された日数《ひかず》を過ぎても戻らねば掟破りになる」

「…………」

三郎兵衛の指摘に、千鶴は容易く口を閉ざした。蓋《けだ》し、図星であろう。

「とりあえず、そなたはいつもどおり、明日には城中に戻れ」

「え？」

「大奥から逃げた者たちがその後何処でどうしておるか、儂が調べよう」

「松波様！」

千鶴の声音が無意識に高くなる。

「いけませぬ！　松波様に左様なご迷惑をおかけするわけにはまいりませぬ」

「迷惑などではない！」

三郎兵衛の語調もつられて強くなった。

「大奥に異変があれば、儂とて見過ごせぬ。つい最近も、大奥を利用した上様暗殺計画が明るみに出たばかりなのだ」

「え？　それはまことでございますか？……なにも聞いておりませぬが」

「未然に阻止した故、表沙汰にはなっておらぬ」

「そう…でございましたか。なれど、大奥にかかわることで、別式女の耳に入らぬとは……不覚でございます」

「そう己を責める必要はない。如何に大奥の中のことゝて、そなたの手に余ることもある」

「そうではありましょうが……」

「なんにせよ、そなたが一人で調べまわるより、お庭番に命じるほうがずっと効率がよいという話だ」

「…………」

「次の宿下がりまでに調べておく故、そなたは安心してまたここへ参るがよい」

断固として三郎兵衛が言い、

「はい」

千鶴が頷くまでに少し間があいたので、

「松波様は、なにかご存知なのではありませぬか？」

と問われはしないか、実は内心ヒヤヒヤしていた。懸命に素知らぬそぶりをしていたが、女の勘があなどれないということを、三郎兵衛は知っている。

「次の宿下がりも、またお世話になります」

だが千鶴は特に不審がる様子もなく言って、それからゆっくりと、お茶菓子の最中に手を伸ばした。どうやら、返事を躊躇っていたわけではなく、自然に菓子に手を伸ばして食べる頃合いを見はからっていたらしい。

ひと口含んだ途端、その甘味に思わず相好《そうごう》を崩した千鶴の顔に、三郎兵衛は無言で見入っていた。

三十路を幾つも過ぎているくせに、丸顔で目の大きな童顔のせいか、そんな表情をするとまるで十代の小娘のようにも見える。純真無垢な娘のそんな様子を目の当たりにした世の父親は、先行きを案じて心を痛めるばかりであろう。世の中には、娘を害する悪い男がごまんと存在するのだ。

(矢張り、娘などもたなくてよかった)

千鶴を娘に見立ててあれこれ最悪の想像をした後、三郎兵衛はそう結論した。

幸いなことに、千鶴は三郎兵衛の娘どころか孫娘でもおかしくない年齢で、実際には赤の他人である。赤の他人である以上、彼女の先行きを実の親の如く案じる必要はない。断じてないのだ、と己に言い聞かせつつ、だが実際には案じずにいられなかった。

（危ないところだった）

結局、千鶴がなにも追及してこなかったことを、三郎兵衛は内心喜んだ。

その日夕餉に食べさせた居酒屋の葱鮪《ねぎま》鍋が気に入ったようで、次に来たときもまた食べたい、と言った。

屋敷への帰途、少々酒を過ごした千鶴が眠そうな顔でぼんやりしているのが可愛く思えた。懸命に酔いを否定している様子も好もしかった。

「お世話をおかけいたしました」

翌日千鶴は上機嫌で帰っていった。

無論、三郎兵衛のことを信頼しきっているが故だ。

大奥古参の者が挙《こぞ》って失踪した件については、もとより三郎兵衛には大いに心当たりがあった。

（だが、真実を知られるわけにはゆかぬ）

ことは、幕閣のお偉方すら知らぬ極秘事項である。

四

千鶴の言う古参の奥仕えが大挙して失踪した件の背後には、実は、吉宗《よしむね》が将軍職就任当時、密かに画策した「第二のお庭番」の存在がある。

吉宗が作ろうとした間諜《かんちょう》組織は、何処でどう間違ったかはわからぬが、いつの間にか別の支配者に取って代わられ、よりによって吉宗の命を狙う組織と化していた。

そもそも吉宗自身が、その組織の存在を忘れていた。

吉宗という最大の黒幕を失いながらも、組織は長く機能してきた。余程力のある頭が仕切ってきたからに相違なかった。

そして、余程の力を持つ頭は、吉宗暗殺という、たった一つの陰謀のためにのみ、その力を尽くしてきた。

残念ながら陰謀は露見し、入念に練られた計画も水泡に帰した。それから、僅かひと月そこそこしか経っていない。

失踪した大奥の古参の者たちは、おそらく密命を受けて大奥に潜入していた間諜組織の者であろう。

失踪が、何処かに身を潜めているであろう首領からの指示か、或いは首領も失踪してその指示が跡絶えたため不安になって自ら出奔したのかはわからぬが、どちらにせよ、戦略的撤退には違いない。

（どこかに潜む首領の指図で動いているとすれば、厄介だな）

桐野らも必死で追っているようだが、お庭番の力をもってしても一朝一夕にはどうにもならぬらしい。

（しかも、各地に散ったお庭番から、連日異変の知らせが届く。……困ったものよ）

さすがに桐野自身は「第二のお庭番」掃滅に忙しく、直接関わってはいないようだが、先日起こった常陸府中の姫の失踪についても、調べを続けている。

ときに、堂神《どうがみ》や仁王丸《におうまる》といった異能の者の力を借りねばならぬのも無理はなかった。

「上様暗殺に失敗してもなお、なにか企む《五家講《ごけこう》》の調べは、常に最優先にしております」

いつになく憔悴した様子で桐野は言う。

件《くだん》の間諜組織には、いつしか《五家講》という呼び名がつけられていた。

というのも、ことの起こりが、それぞれ御三家の家老でありながら大名の待遇を受けるようになった尾張《おわり》家の成瀬《なるせ》・竹越《たけのこし》、紀州《きしゅう》家の安藤《あんどう》・水野《みずの》、水戸家の中山《なかやま》の、所謂《いわゆる》《五家》であったためだ。

吉宗は、将軍職継承時、当然敵対すると思われた尾張家が、『尾張は将軍位を争うべからず』という藩祖以来の不文律に従い、当時の藩主・尾張継友《つぐとも》の将軍職就任には積極的に行動しなかったことで、尾張家の二家老を信頼するにいたった。殊に、当時の犬山《いぬやま》藩主である成瀬正幸《まさゆき》への信頼は篤《あつ》かったようだ。己に代わって、仮の盟主の役まで担わせた。

吉宗が目を付けたとおり、五家の持つ人脈は絶大で、組織の基は瞬《また》く間に出来上がったらしい。

大工や植木職人など、多くの屋敷に関わる専門職の者は一から育てあげられ、江戸城他、大藩の江戸屋敷などへ送り込まれた。医師、薬師《くすし》、料理人など、直接人の命に関わる職業の者も同様であった。

兎に角、《五家講》の間諜は巧みに入り込み、長年かけて、そこでしっかり根を張っている。根を張っているということは、末端から一、二本引っこ抜いたところでビクともしないということだ。

「老中・若年寄など、幕閣の要人宅にも大勢入り込んでいると思われます。御前もお気をつけくださいませ」

桐野からは再三注意喚起されたが、

（まさか）

三郎兵衛は当初タカをくっていた。

三郎兵衛が大目付職に就いてそろそろ一年になるが、それ以前にはそんな話は微塵も持ち上がってはいなかったから、奉行職を歴任している中流旗本に過ぎなかった。

ある日突然吉宗が言い出し、鶴の一声で決まった人事であるため、さしもの《五家講》も、事前に人を送り込むことなどかなわなかった筈だ。

だが、大奥の件もあるので念のため調べてみると、近々門番兼中間《ちゆうげん》として新規に召し抱えようとしていた者の身許《みもと》がどうも怪しい。

いや、紹介状を一見した限り何処にも怪しさはなく、身許引受人もしっかりしていたが、完璧すぎるが故の怪しさとでもいおうか。通常それほど完璧であるならば、もっと条件のいい屋敷に勤められるであろう、という三郎兵衛の穿《うが》った見方がなければ、気づかれることもなかったろう。

案の定、主人が直々に面接すると言って呼び出したら、なにかを察したのか姿を見せず、そのまま消息を絶ってしまった。

（矢張り、間諜だったか？）

三郎兵衛は半信半疑であったが、兎に角《五家講》は用心深い。

「ちなみに、先日捕らえました府中藩の江戸留守居役ですが、御前の睨んだとおり、蓉姫殺害を企てた一味の者でございました」

「理由はなんだ？」

ほぼ無意識に、三郎兵衛は問い返した。

「一言で言えば、御落胤の姫に対する憎悪、でございましょうか」

「なんだと？」

「私怨のようなものでございます」

「別に、姫が奴らになにかしたわけではあるまい。私怨で人の命を奪おうなどと、くだらぬ奴らだ」

「まことにもって――」

同意する桐野の反応は気にもとめず、三郎兵衛は忽《たちま》ちそのことに対する関心を失ったようだ。

「ときに桐野、近頃勘九郎めが全く屋敷に寄りついていないようだが？」

三郎兵衛はふと口調を変えて桐野に問うた。すると、桐野の表情が忽ち弛む。

「お気づきでございましたか」

と含みたっぷりに言い返されて、三郎兵衛は少なからず屈辱を覚えた。

「どういう意味だ？」

「若はどうやら別式女殿が苦手なようで、別式女殿が御当家に参られたときはいつも何処かに出かけてしまわれます」

「なんだと」

三郎兵衛はさすがに顔色を変える。二人のあいだになにか諍《いさか》いでもあったのか？」

「苦手とはどういうことだ？　二人のあいだになにか諍いでもあったのか？」

「まさか……若は兎も角、別式女殿は妄《みだ》りに他人と争うようなお人柄ではございますまい」

苦笑を堪えつつ桐野は言い、

「大方、父親の後添いに対する反発でございましょう。まだまだお若うございます」

更に笑いを堪えつつ言葉を続けた。

「なにを言っておるのだ」

内心の狼狽をひた隠し、三郎兵衛は強い語調で言い返す。

「《葵》は後添いではないし、そもそも儂は豎子の父親ではなく、祖父だ。どうかしておるぞ」

「若にとっては、御前はお父上でございます。おわかりでございましょう」

「……………」

「そして子は、父を慕えば慕うほど、己から父を奪う存在を憎むものでございます」

「だから、儂は《葵》を娶《めと》るつもりなどないと言うておろうが」

「娶るか娶らぬか、ではございませぬ」

ふと真顔に戻って桐野は言う。

「子にとって、親の心を奪ってゆく者は仇《かたき》も同然だということでございます」

「…………」

桐野の言葉に、三郎兵衛は一層困惑した。

「《葵》は、そのような者ではないぞ。あれは、いってみれば娘のようなものだ。……豎子が儂の息子だと言うなら、豎子にとっては姉になる。仲良くしてもらわねば、困るではないか。……ったく、豎子め、なにを勘違いしておるか」

三郎兵衛は懸命に言い募ったが、その声音からは、心なしかいつもの威勢が失われていた。

明らかに、桐野の言葉が胸に応えた様子であった。

(若も若だが、御前も御前だ。……まったく。よく似た親子よ)

桐野は再び苦笑を堪え、

「ところで御前、近頃《五家講》の残党に、妙な動きがございます」

しかし、さあらぬていで話を戻した。

「どんな動きだ?」

三郎兵衛もまた、真顔に戻って問い返した。

どうやら、漸く本題に入るらしい。

五

「酉《とり》の市といえば、矢張り花又《はなまた》の大鷲《おおとり》神社であろうな。日本武尊《やまとたけるのみこと》を本尊とし、武運長久にご利益がある。武を尊《とうと》ぶ《葵》にも相応しい」

「ですが、大鷲神社は千住《せんじゅ》の先ですぜ。ちと遠すぎやしませんか?」

銀二《ぎんじ》がすかさず口を挟む。

三郎兵衛のお供は久しぶりだが、なにか任務を与えられるわけでもないらしいので、気楽なものだ。

三郎兵衛がこのところ、例の別式女を連れ歩いていることも、もとより承知の上である。そのことでからかってやろうと目論んでいたら、三郎兵衛のほうから、

「次は何処へ連れて行けばよいと思う?」

と悪びれもせず問うてくるので、

た。

土台、七十を過ぎた老爺を女のことでひやかそうなどと、烏滸《おこ》がましい限りであっ

と勧めてみた。

「季節柄、酉の市なんてどうですかね」

「では、何処がよい？　府中《ふちゅう》の大國魂神社《おおくにたま》か？　それとも内藤《ないとう》の花園《はなぞの》か？」

大真面目な顔つきで、三郎兵衛は問い返した。

「なんといっても、浅草《あさくさ》の鷲《おおとり》神社でしょう。近くには酉の寺・長國寺《ちょうこくじ》もあります

しね。その日は吉原《よしわら》も解放されて、浅草じゅうが大賑わいですよ」

「それでは大変な人出であろう」

「そりゃあもう、飛鳥山《あすかやま》の花見や川開きんときと同じくらいの賑わいですかね」

「それほどにか？」

「ええ」

「しかし《葵》は、人混みは苦手だと言っておったからなぁ」

はしゃいだ口調の銀二と裏腹、三郎兵衛は浮かぬ顔をする。

「ちょうどいいじゃねえですか」

「え？」

「人混みだと、手を繋いでなきゃはぐれちまいますからね。……へへ、よかったじゃねえですか、御前、しっかり手を繋いでくださいよ」

「お前は一体何を言っておるのだ、銀二」

銀二の口辺《くちべ》に下卑た笑いが滲むのを、心底腹立たしく感じながら三郎兵衛は言い返す。

「なにをって、そりゃあ、まあ、手を繋がねえことには、なんにもはじまらねえでしょうよ」

「この、大たわけがッ」

三郎兵衛は不意に声を荒らげて一喝した。

その剣幕に、さしもの銀二も絶句する。

「ご、御前……」

「《葵》を相手になにがはじまると言うのだ」

「………」

「儂にとって、あれは娘のようなものだ。邪《よこしま》な心など抱くはずがあるまい」

「邪な心は抱かなくても、恋心はおありでしょう。いいじゃねえですか、老いらくの恋ってやつも――」

「老いらく……銀二、貴様まで儂を年寄り扱いするか！」

「い、いえ、それは……」

「どいつもこいつも、皆、どうかしておる。何故儂が、この歳になって、今更女子に懸想するなどと思うのだ」

「…………」

「見縊《みくび》るでないぞッ」

三郎兵衛は更に怒声を発し、銀二は思わず首を竦《すく》めた。

（本気で怒らせちまったかな）

些か軽口をききすぎたことをさすがに銀二が後悔したとき、

「土左衛門だーッ、大川《おおかわ》に土左衛門があがったぞぉ～」

突如男の喚声《かんせい》が広小路《ひろこうじ》中に響き渡った。

「土左衛門だと？」

三郎兵衛はふと足を止め、声のしたほうに顔を向ける。しかる後、橋の下に視線を落とした。

橋袂に黒山の人集《ひとだか》りがしているのは、そこに土左衛門があり、周囲に見物人が集まっているのだろう。

「土左衛門ですよ、御前」

「土左衛門など、別に珍しくもあるまい」

無関心に言い返しつつも、三郎兵衛の足は無意識に橋の下へと向いている。

ときは辰《たつ》の下刻――。

そろそろ広小路に人が集まりはじめるこの時刻、土左衛門があがるにしてはやや遅い。それがわかっているから、三郎兵衛の足もついそちらに向かったのだろう。

世を儚んで身投げする者は、大抵深夜の子《ね》の刻から丑《うし》の刻くらいに飛び込むものだ。深夜に身投げした者の死骸は、余程なにか仕掛けを施されていない限り、ほぼ早朝の明《あけ》六ツくらいには川面にあがる。町奉行の経験のある三郎兵衛はそれを知っていたが故に奇異を覚えたのであろう。

「女の土左衛門だってよ」

「まだ若い娘みてえなのに、可哀想になあ」

「なかなかの器量好しだぜ」

（若い娘だと？）

橋の下まで下りたとき、野次馬たちの吐き出す悪意なき言葉が、いやでも耳に入ってくる。人集りの中心では、

「ええい、うぬら、邪魔だ、下がれッ」

急遽駆り出されたらしい同心が、苛立った声を張りあげていた。

「そもそも、なんでこんなに集まって来てるんだ？」

配下と思しき目明かしに向かって同心が問うが、

「さあ……あっしにはさっぱり……」

四十がらみの太り肉《じし》の目明かしは、曖昧に首を振るばかりであった。

「土左衛門があがるにしてはあまり相応しくない時刻だからに相違あるまい」

人波をかき分けてゆっくりと進み出つつ、三郎兵衛は述べる。

「え？」

と驚いて三郎兵衛を見返す同心の顔に見覚えはないが、三郎兵衛はかまわず話を続けた。

「覚悟の上の身投げであれば、袂に石など入れて飛び込むものだ。そうしないと、泳ぎの心得のある者などは、息絶える前に浮かびあがってしまうからな。また、息絶えた者の体でも、余程のことがない限り、何《いず》れ水面に浮かんでくる」

「どういうことです？」

教えを請う神妙な顔つきになって同心が問う。

　見覚えはないが、相手が年長の武士であることと、三郎兵衛の挙措物腰からなにか察するものがあったのだろう。

「問題は、息絶えてから水面に浮かぶまでのときだ。……検死の者が見れば、その者の体が何刻ほどのあいだ水中にあったかがわかるはずだ」

「それがわかればどうなります？」

「たとえば、完全に息絶えてから水中に投げ込まれたか、息絶える以前に、なんらかの仕掛けを施されて水に投げ込まれたかが判明いたします」

と答えたのは、凜《りん》とした女の声音であった。

　無論三郎兵衛は気づいていた。背後から、そろそろ馴染みとなりつつある女の気配が近づいてくることに――。

　それ故、

「宿下がりにしてはまだ早いようだが、どうした、《葵》？」

　振り向きもせずに三郎兵衛は問うた。

「はい。早《はよ》うございます」

《葵》こと千鶴は、三郎兵衛のすぐ後ろまで来て足を止め、素直に頷く。

「此度は、総取締役様から、直々の命を請けて参りました」

「なに？　それはまことか？」

三郎兵衛は思わず千鶴を顧みる。

「はい。まことでございます」

若衆姿の千鶴は、三郎兵衛の視線を受け止めつつ再び頷く。

「どのような命だ？」

「それは……」

千鶴はしばし言い淀んでから、

「それは改めて後ほど――」

気まずげに目を伏せつつ言った。周囲に多くの耳目があるこの場で口に出すのは憚られるのだろう。

だがふと顔をあげると、

「あれなるご遺体は、先月大奥を去りました、御半下《おはした》の雪《ゆき》という娘のものに相違ございませぬ」

日頃は柔和な双眸《そうぼう》に怒りの焔《ほむら》を滾《たぎ》らせながら、千鶴は言った。

「なんだと？」

「雪は、十五の齢《とし》に大奥にあがり、八年勤めました。日本橋《にほんばし》の小間物問屋《大江屋《おおえや》》

の末娘ということになっておりましたが、嘘でございました。《大江屋》には、既に嫁いだ二人の娘の他に、末娘などおりませぬ。……上様のお目にとまってお部屋様にでも出世せぬ限り、通常出世の見込みのない御半下の素性が詳しく詮索されることはございませぬ故、此度出奔するまで露見いたしませんでした」

「………」

「お雪を大奥へ送り込んだ黒幕は、年端もゆかぬお雪に危険な務めを担わせた上、果たせずに逃げたお雪を無惨に殺したのでございます。許せませぬ」

「お雪殺しの下手人《げしゆにん》が、お雪を間諜として送り込んだ黒幕だと思うのか？」

「それ以外に、考えられませぬ」

千鶴の返答は存外頑《かたく》なであった。

そういう頑固な一面があることを無論三郎兵衛も承知している。

「卒爾ながら――」

それまで黙って千鶴の言葉に耳を傾けていた同心が、ふと三郎兵衛に声をかけてきた。

「貴方様は、先の南町奉行・松波筑後守様ではございませぬか？」

三郎兵衛のほうに見覚えはないが、同心のほうには見覚えがあっても致し方ない。

町奉行時代の三郎兵衛は、与力同心らとともに現場に足を運び、事件の解決に尽力した。

仮にその同心が北町の者であっても、何処かで三郎兵衛の姿を見かけることはあっただろう。

「だとしたら、なんだ?」

「そちらは、大奥の別式女様とお見受けいたします。このホトケについても、詳しくご存知のようで。……番屋でお話を聞かせていただけませぬか?」

「断る」

遠慮がちながらも厚かましい同心の言葉に、三郎兵衛は即答した。

「儂も、これなる別式女も、町方の詮議をうけねばならぬ筋合いはない。文句があるなら、屋敷へ参れ」

言うなり千鶴の手をとると、強引に引き寄せて、三郎兵衛は歩き出した。

「松波様」

その強引さに戸惑いながらも、千鶴は三郎兵衛に従った。千鶴の手を引いた三郎兵衛は、まるで二十代の若者さながらの足どりでそそくさとその場を立ち去った。

第二章 見えない敵

一

「なあ、どう思うよ、堂神?」

問いかける勘九郎の目は、既に酔眼朦朧としていた。

「ったく、なに考えてんだよ、あのクソ爺《じじい》」

堂神に問うておきながら、だが勘九郎は堂神に口を挟む余地など与えず、一人で喋り続けている。

「いい歳《とし》こいて、どうかしてんだよ。とても正気の沙汰とは思えねえ。……なあ、堂神もそう思うだろう?」

無論堂神は答えない。

答えず、黙々と皿の上の煮魚の骨をとっている。豪快な外見に似ず、存外細かい作業も厭わない。完全に骨を取り除いてから一気に身を食そうという魂胆だろう。

もっとも勘九郎は既に堂神のほうなど一顧だにしていない。

「祖父《じい》さんは、よりによって、あの年増の別式女を後添いにしようと思ってんだぜ。ったく、いい歳しやがってよう。老い耄《ぼ》れが今更後添いもらってどうしようってんだよ」

焦点の合わぬ目で時折堂神を睨むが、困惑する堂神の迷惑顔など少しも見えていないに違いない。

「それに、あの女もあの女だ。七十過ぎの爺のなにがいいんだ。どうせ松波家の財産めあてだろうが。とんでもねえ悪女だぞ、あれは。……なんでそれが、祖父さんにはわからねえんだ」

「ひどい言い草だな」

遂に堪りかねて、堂神が言い返した。

美味《うま》いものを食べているとき、聞き苦しい人の悪口で耳を汚されたくはないのだろう。見かけによらず、存外繊細なところがあるようだ。

「己の祖父をあまり悪く言うもんじゃない」

「悪く言われて当然の所業をしてるんだから仕方ないだろ」

「幾つになろうと、女子《おなご》を恋うて悪い道理はあるまい。だいたい若は、その女子の一体なにが気に食わんのだ？」

「全部だよッ！」

勘九郎は声も語気も荒らげて息巻く。

「あんな、三十路過ぎの大年増、一体どこがいいんだよ！　しかも、鬼みてえに強ぇ。まるで女夜叉《やしゃ》だ」

「三十路過ぎって……殿様の齢《とし》を考えたら、ちょうどいいどころか、寧《むし》ろ有り難いくらいだろうが」

堂神は呆れ声で応じるが、

「ふざけんなよ、堂神ッ」

勘九郎は更に怒声を発した。

幸い、いまのところ店内に他の客はいないが、厨《くりや》で菜を刻んでいる店主はハラハラしながら二人を盗み見ている。

それでなくても、容貌魁偉な破戒僧と若侍の組み合わせはそれだけで充分怪しい。店に入ってきたときからうっすら感じていた店主の不安は的中した。

だが意外にも、酒癖が悪いのは破戒僧ではなく、育ちのよさそうな若侍のほうだった。

「出戻りの大年増が、有り難いだと？　うちの祖父さんをなめんじゃねえよ」

「別に、なめてはおらんが」

「俺の祖父さんは……松波三郎兵衛はなぁ、たとえ幾つになったって、齢なんぞ関係ねえんだよ。そもそも古稀の祖父さんは、若い娘を娶《めと》っちゃいけねえってほうがあるのかよ」

「じゃあ聞くが、若い娘と古稀の殿様で、話が合うのか？」

「…………」

もっともすぎる堂神の言葉に、勘九郎は流石《さすが》に一瞬言葉に詰まった。

「あの別式女とは、すごく気があってるみたいじゃないか」

堂神は、実際に千鶴と会ったことはないが、千里眼を遣《つか》って三郎兵衛と千鶴が一緒にいるところを何度か垣間見ている。

「それに、器量はいまひとつかもしれねえが、気だてはよさそうだ」

「会ったこともないくせに、なんでわかるんだよ」

「会ったことはなくても、二人が一緒にいるところは見た。とても睦まじい様子だった」

「だ、黙れよッ」

勘九郎は思わず遮り、それに応じて堂神は一旦言葉を止めた。

が、どうしても黙っていられなかったのか、

「それに、師匠が言ってたけどな、殿様は、その別式女のことを娶る気なんかないらしいぜ。娘みてえなもんなんだってさ」

堂神は言い足した。

「娶るつもりはないだと？」

「ああ、師匠にはそう言ってたらしいぜ」

「まさか。……じゃあなんで、宿下がりのたび、うちに来るんだよ、あの女──」

「楽しいからだろ」

「え？」

勘九郎は一瞬間正気に戻った顔で堂神を見返す。堂神の言葉が意想外のものだった証左であった。

「松波家で、殿様と碁を打ったり、居酒屋で飯を食ったりするのが楽しいから来てるんだろ。殿様も楽しそうだ」

「………」

「お前さんだって、楽しそうな殿様を見るのはいやじゃねえだろうが」

「そんなこと……それに、娘ってなんだよ。祖父さんの娘だったら、本来俺の母親くらいの年齢《とし》の筈だろうが」

窮した挙げ句、勘九郎は最早益体《もはややくたい》もない言葉を吐くしかない。

「もう、やめとけ」

そんな勘九郎の手から、更に自らの猪口《ちょこ》に注ごうとしている徳利を取り上げつつ堂神は言った。

「いつまでも駄々をこねるな、若。ガキじゃねえんだから」

「だ、誰が駄々をこねてるって⁈」

「要するに、祖父さんを別式女にとられたような気がして、それが悔しくてしょうがねえんだろ。玩具を買ってもらえなくて駄々こねてる子供と同じだ」

「ち、違うッ！」

「違うのか？」

「俺は駄々なんかこねてない！」

「俺にはそう聞こえるけどな」

「堂神、てめえ！」

「なんだ、でかい声を出して。いくら他に客がいないからといって、店主に迷惑だろうが」

「………………」

「なんなら、表へ出るか？」

「………………」

挑発されたが、勘九郎はさすがに口を噤《つぐ》んだ。ここで前後の見境もなく堂神と喧嘩するほど愚かではない。

一度は激した気持ちが冷めてくると、己の言動を恥じるくらいの冷静さは取り戻す。

「あの女を娶るつもりはないって、祖父さんが、桐野に言ったのかよ？」

「ああ、俺はそう聞いた」

「桐野には、そういう話をするんだな」

「あんたが、別式女が来るたび拗《す》ねて屋敷を出ちまうから、見かねた師匠が仕方なく聞き出したんだろ」

「別に、拗ねてるわけじゃ……」

「拗ねてるわけじゃなけりゃあ、嫌がらせか？　いい加減にしろ」

「…………」

勘九郎は言葉を失った。

「頼むから、殿様と師匠のあいだで、そんな話をさせないでくれよ」

懇願する口調で堂神に言われると、最早返す言葉もなかった。

堂神が勘九郎に随《したが》っているのは、もとより桐野の命に相違ない。要するに、市中で酒を食らうたび得体の知れぬ者と意気投合し、連れ去られてはかなわないから、堂神に見張らせているのだ。

堂神にとっては、迷惑この上ない役目であったが、桐野の言いつけだから仕方ない。益体もない勘九郎の繰り言を我慢して聞いたのも、すべて桐野のためだった。

「わかったのかよ、若？」

「え？」

「わかったら、今度別式女が屋敷に来たときは、挨拶くらいしろよ」

「いやだよ。あんな女の顔見たくないよ」

「まだガキみてえなこと言ってんのかよ」

「ああ、どうせ俺はガキだよ」

開き直って勘九郎は言い、堂神の手から徳利を奪った。何杯か手酌で呷《あお》るうち、不意に睡魔が訪れる。

眠りに堕ちる寸前、誰かの面影が脳裡を過《よぎ》った。

「よい加減になされませ、若」

そのひとの声も、深く耳朶《じだ》に響く。

密やかな桐野の声に相違なかった。

だが、敢えて確かめぬまま勘九郎は眠りに堕ちた。己の子供じみた言動を思えば、いまは恥ずかしくて顔も合わせられない。

それでなくても、桐野には迷惑ばかりかけてきた。

(もう、見捨ててくれよ、こんな情けねえ俺のことなんか……)

それでも束の間、その美しい立ち姿を遠く望んだ気もしたが、すぐに深い眠りに堕ちた。

「おい、若、寝るなよ。……寝るなってば!」

間髪容《かんはつい》れずに堂神は揺り起こしたが、無駄だった。ガクリと項垂《うなだ》れた勘九郎は死人の如く無反応である。

「あ〜あ、こんなとこで寝込んじまって、しょうがねえなぁ、クソガキめ」

堂神の悪口など、最早耳朶には微塵も届いていまい。

二

「総取締役から命を請けたというのはまことか？」

「はい、まことでございます」

「だが、しばらくは静観すると言っていた総取締役が、何故急に考えを変えたのだ？」

「一大事が出来《しゅったい》したのでございます」

というやりとりが為されているのは、松波家の三郎兵衛の居間ではない。

最前二人がいた広小路の橋袂からほど遠からぬところにある蕎麦屋《そばや》であった。

三郎兵衛の剣幕からして、てっきり屋敷へ戻るつもりかと思っていた千鶴は多少戸惑ったが、

「小腹が空いた」

という三郎兵衛の言葉を疑うことはなかった。

二人の様子を見届けた銀二は、既に無言で立ち去っている。

「して、一大事とは？」

蒸籠《せいろ》を一枚平らげてから、三郎兵衛は徐《おもむろ》に問い返した。そのときには、千鶴もまた、同じく蒸籠を平らげている。

平らげて、蕎麦湯をひと口飲んだ後で、三郎兵衛の問いに答える。

「総取締役様が信任していた御年寄《おとしより》の松山《まつやま》様が、大奥より姿を消したのでございます」

「なんだと？　大奥の中からか？」

三郎兵衛はさすがに顔色を変えた。

滅多に宿下がりすることのない御年寄が突如失踪したとなれば、確かに一大事である。だが、姿を消した他の者たちと同じく、宿下がりや用を言いつけられて城の外に出た際に姿を消したのであれば、当人の意志による出奔の可能性が高い。

「それが、よくわからぬのでございます」

「よくわからぬ？」

「確かにその日、御年寄の松山様は一年ぶりの宿下がりを願い出て許され、お城を出ることになっておられました。ですが、松山様がお城を出たことを確認した者はおらず、何時何処《いつどこ》で姿を消されたのか、皆目わからぬのでございます」

「もしそれがまことであれば、奇怪な話だ」

「はい、まことに――」

「だが、御年寄ほどの身分であれば、一人で城を出るということはあるまい。供の者はなにをしておった?」

「ところが、その日松山様は供を連れず、乗物も使わず、お一人にてお城を出ようとしていたようなのでございます」

「一人で? 何故だ?」

「わかりませぬ」

千鶴は首を振り、そして深く項垂れた。

いつになく顔色が悪く見えるのは、相当に苦悩したが故のことだろう。苦悩した結果、わからぬと答えるのは、千鶴のような女にとって屈辱以外のなにものでもない。

だが、いまはそう答えるしかなかった。

(また、無理をしおって……)

三郎兵衛はその様子に心を痛めるが、

「それで、松山の実家は?」

極力感情を押し殺した声音で問うにとどめた。

「三河《みかわ》以来の御家人・稲葉《いなば》家の縁者とのことでしたが……」

「違ったのか？」

「違いました」

「何故それが露見した？」

「松山様の義父であり、身許引受人とされていたお人は、十年以上前に亡くなってお
られました。此度《こたび》、改めて調べるまで、わかりませなんだ。……なんと、大奥に入る
までの松山様のご経歴は、すべて偽りだったのでございます」

「それは、つまり――」

「おそらく、何者かによって送り込まれた間諜ではなかったかと――」

「素性を偽っていたというだけで、何故間諜だと思う？」

「素性を偽ってまで大奥に入り込んでいる時点で、その者はなにか企んでおります。

到底善良な者とは思えませぬ」

「だからといって、間諜とは限るまい。親の仇討ちでもしようとしているのかもしれ
ぬ」

「たとえ親の仇討ちであっても、大奥内で勝手な真似は許されませぬ」

「………」

とりつく島もない千鶴の物言いに、三郎兵衛はさすがに鼻白《はなじろ》む。

「それに、大奥にて上様暗殺の計画が進行していた、と仰有《おつしや》ったのは松波様でございます」

「だが計画は頓挫した。関わっていた者どもは皆出奔し、手がかりは何一つ残していない」

「松山様も、或いはその計画に関わっていたのかもしれませぬ」

「考えすぎだ」

「絶対にないと言い切れまするか？」

「まあ、絶対にないとは言い切れまいが……」

三郎兵衛は曖昧に言い淀んだ。

暗殺計画の件を安易に千鶴に告げてしまったのは、矢張り早計であった。三郎兵衛は大いに己を悔いたが、千鶴は夢にもそんなことは知らない。

「ですが、仮に松山様がその企みに関わっていたとして、わからぬことがございます」

それ故三郎兵衛にとっていやなところを、ぐいぐい詰めてくる。

「なんだ？」

「松山様がその一味の者だとすれば、何故他の者たちが出奔した際ともに去らず、今頃になって姿を消したのか、ということでございます」

「知れたこと、松山が御年寄という地位にあり、容易に宿下がりできぬ身分にあったからであろう」

「ですが、掟とて絶対ではありませぬ。家族が病に倒れた、とでも言い、急な宿下がりを願い出ることもできた筈です」

「…………」

千鶴のもっともな言い分に一旦は口を閉ざしたが、三郎兵衛はすぐに言葉を継ぐ。

「だが、すべては憶測にすぎぬ。松山が姿を消したのは、上様暗殺計画とは無関係なのかもしれぬし、そもそも自ら姿を消したわけではなく、何者かによって拉致されたのかもしれぬ」

「それはそうかもしれませぬが……」

「それで、総取締役はそなたになにをさせようと言うのだ？」

「勿論、松山様の捜索でございます」

真っ直ぐ三郎兵衛の目を見返して答える千鶴に、三郎兵衛は甚《はなは》だ呆れた。

「どうやって？」

「え？」

「そなた一人で、どうやって捜索するというのだ？」

「…………」

「まさか、闇雲に市中を捜しまわるつもりではあるまいな？」

「それは……」

千鶴が気まずげに言い淀んだところで、

「それはそうと、もうそろそろよいかな」

「え？」

つと、三郎兵衛の顔つきと口調が変わる。

「番屋に行って、御半下の遺体と対面せねばなるまい」

「番屋に？」

千鶴は戸惑った。

「遺体を見れば、なにかわかるかもしれぬからな。そなたも見たいであろう？」

「はい。……ですが、それでは何故、先程同心から同道を請われたとき、拒んだのでございます？」

「癪《しゃく》に障ったからだ」

（え？）

千鶴が思わず耳を疑うようなことを三郎兵衛は言い、

「あの同心の狎《な》れた態度が気に食わなかったのだ。木っ端役人風情の指図になど従っていられるか」

更に千鶴を驚かせる悪口を吐いた。

（狎れた態度どころか、充分礼を尽くしているように見えましたが？）

心中に湧いた疑問は、ひとまず胸に呑み込んでおく。

「そもそも儂《わし》を誰だと思うておる？」

「大目付、松波筑後守様でございます」

すかさず答えて、千鶴はチラッと口許を弛めた。

これまで千鶴の知る三郎兵衛は、溢れる叡智と無敵の強さを誇るとともに、慈父の優しさを併《あわ》せ持つ、およそ非の打ち所のない武士であった。それ故、実の父にも兄にも感じたことのない感情が芽生え、一途に敬慕した。

ひたすら尊崇の対象と思っていた相手の、意外な一面を見せられて、

（意外に子供っぽいところがおありなのですね）

千鶴はそこはかとなく嬉しくなった。

「体には殆ど外傷はなさそうだな」

背後から覗き込む三郎兵衛に対して、

「毒でございます」

筵《むしろ》を捲《めく》って娘の死に顔を一瞥するなり、千鶴は言った。

三郎兵衛が、外傷はなさそうだと看破したのは、その死に顔が存外静かなものに見えたためだろう。生前暴行や拷問を受けていれば、それらの苦痛は当然死に顔にも残る。着物の下の素膚《すはだ》を確認するまでもなさそうだった。

「わかるのか?」

「膚の色が変色しております」

「水死した者の膚の色ではないのか?」

「いいえ、毒死した者と同じくらい、水死体も目にしておりますが、微妙に違います。これは、毒を飲んで息絶えた後水に沈められた者の膚の色でございます。なんの毒かまではわかりかねますが」

「…………」

淀みなく答える千鶴の背は少しも揺らがず、三郎兵衛は一瞬間呆気にとられた。

大奥では、日常的に、それほど多くの死体を見る機会があるのか。三郎兵衛は少なからず衝撃を受けた。

すると、そんな三郎兵衛の心中を読み取ったが如くチラッと振り返り、

「大奥は、権謀の坩堝《るつぼ》でございます」

事も無げに、千鶴は言う。

「修羅の道だな」

「はい」

「そんな権謀の坩堝に、そなたはこの先も身を置き続けるのか？」

「はい。私にできることがあるとすれば、権謀の犠牲となったか弱き者のため、真実を明らかにすることだけでございます」

迷いのない千鶴の瞳に見つめられて、三郎兵衛はしばし言葉を失った。

大奥が、権謀渦巻く魔窟であることは、想像に難くない。そんな中で日々を過ごす千鶴には、堪え難いことも少なくない筈だ。

己の無力を知り、本来ならば助けたい命を助けることも叶わず、ただ真実を究明するだけだ、と言い切る千鶴が、三郎兵衛には悲しかった。千鶴自身はもっと悲しいであろう。

「それで、その者の死因が毒だとして、下手人《げしゅにん》の目星はつくか？」

それ故三郎兵衛はすぐに話題を変えた。

「わかりませぬ」

千鶴は緩《ゆる》く首を振る。

「では、その者の身許は？」

「大奥に入る際に偽っておりました故、わかりませぬ。大江屋の娘でないことだけは確かでございます」

「え？　わからぬのですか？」

それまで黙って二人のやりとりに耳を傾けていた同心が、不意に割り込んできた。

一旦は立ち去った三郎兵衛と千鶴が、四半刻後、最寄りの番屋に現れたときは、まさに狂喜乱舞の如き歓迎ぶりであった。

「松波様、よくいらしてくださいました。…別式女様も――」

平身低頭で迎え入れたのは、土左衛門の身許が容易に知れると思ったからだろう。見るからに怠惰そうな中年男であった。

遺体の身許を易々と知ることができれば、これほど喜ばしいことはない。仮に、身内の者から行方不明の届けが出されていたとしても、それを確認して知らせに行き、遺体を引き取らせるまでには一日か二日はかかってしまう。

それ故、同心は三郎兵衛を頼った。

自殺か他殺かは別として、兎《と》に角《かく》一刻も早く遺体を円滑に処理したい。だから、「わからない」という千鶴の言葉には敏感に反応した。

「娘の身許はわからぬのですか？」

「この者は、素性を偽っておりましたので、こちらではわかりかねます」

千鶴は平然と言い放った。

「そんな……では、一体どうすれば？」

同心は明らかに落胆した様子を見せる。

「人相書きを作り、地道に聞き込みをするしかあるまい。それが、そのほうらの仕事ではないか」

厳《おごそ》かな顔つきと口調で、三郎兵衛は述べた。

「努々《ゆめゆめ》楽をしようなどとは思うな」

「はい」

同心は神妙な顔で頭を下げるが、三郎兵衛の耳にはその心中密かな舌打ちの音が聞こえている。

「そのほう――」

番屋の出入口でふと足を止めると、三郎兵衛は同心を顧みた。

「北の者か？」

「はい、北の定廻りでございます」

「名は？」

「村田亥五郎《むらたいごろう》と申します」

「では村田、しっかりやれ」

「はっ」

村田亥五郎が再度頭を下げるのを見届けず、三郎兵衛は番屋の外に出た。

一旦出てから、

「ああ、土州《どしゅう》には宜しく伝えてくれ」

チラッと村田を顧みて言った。

土州とは、約一年半相役を務めた北町奉行・石河土佐守政朝《いしこ と さのかみまさとも》のことにほかならない。

もとより、一介の定廻り同心が奉行に気安い口をきけるわけがないのは承知の上だ。ただ、奉行の名を出せば、怠惰な村田も少しはやる気を出すのではないかと思ってのことだった。

「松波様？」

先に番屋を出ていた千鶴は笑いを堪えた顔で三郎兵衛を待っている。一連の茶番が、滑稽に思えたからに相違ないだろう。

「笑うな、《葵》」

苦い顔つきで三郎兵衛は応じた。

「笑ってなどおりませぬ」

「だが、面白がっておるだろう」

「それは……確かに」

千鶴は素直に認めた。

認めた上で、問う。

「あの同心に、なにか遺恨がおありですか？」

「あるわけがなかろう。今日はじめて会うたわ」

三郎兵衛の言葉を聞くなり、千鶴は遂に堪えきれず笑いを漏らした。

「申し訳ございません」

口では詫びながらも、笑いを堪えることはできなかった。

「無礼だぞ、《葵》」

「はい。無礼でございます。申し訳ございませぬ」

たまらず三郎兵衛から背《そむ》けた千鶴の目には、うっすら涙さえ滲んでいる。

「それほど可笑しいか？」

「いいえ」

と首を振る千鶴の声が震えていたのは笑いを堪えているからに相違なかった。

「ったく、小娘でもあるまいに……」

三郎兵衛は憮然として呟き、先に立って歩き出した。

千鶴は黙ってそのあとを追った。しばらくは、なにも言わぬがよいだろうと思い、無言で三郎兵衛のあとを追ったが、依然全力で笑いを堪えていた。


「そろそろ来るぞ」

会話の途中でしばし言葉を止めてから三郎兵衛がふと言えば、

「はい」

少しも動じることなく、千鶴は応じる。

そのために、わざわざ人けのない裏路地を選んで歩いていた。

二人が両国《りようごく》岸の番屋を出てから、そろそろ四半刻になる。尾行者の存在に気づいたのは、番屋を出て間もなくのことだった。

「一人ですね？」

「一人だな」

確認し合うまでもないことだった。

尾行者はしばし二人を尾行した後、おそらく、人けのないほうへ向かうのを確認してから仲間を呼びに行ったのだろう。

「松波様」

「なんだ？」

「この場合、松波様と私、どちらの客でございましょうか？」

「…………」

一瞬間首を傾げてから、

「そうだな。この場合は二人の客であろうな」

大真面目な顔つきで三郎兵衛は答えた。

もとより、訊ねた千鶴も大真面目である。

「二人の？」

「そなたと私、二人の客だ」

「そう…なのですか？」

「この先で待ち受けている者は、土左衛門のあがった河原で我らを見かけ、番屋へ出入りするところも確認したのだ。それ故、我らがなにか事情を知っているものと思い込み、襲ってくる。大方、下手人と、その一味であろう」

「では、下手人は、あの野次馬の中にいたということでございますか？」

「野次馬の中か、他の場所からかはわからんが、我らを見ていた。下手人とはそういうものだ」

「そういうものとは？」

「何処かで、事の成り行きを見届けようとする、ということだ」

「では、下手人をおびき出すために、あえて番屋に戻ったのでございますか？」

「《葵》――」

「はい」

「少し黙れ」

「…………」

いつもながら多弁な千鶴を強引に黙らせてから、三郎兵衛はしばし窺うような目つきで虚空を睨んだ。しかる後、

「人数はわかるか？」

口を閉ざした千鶴に向かって、だが彼女を顧みることなく三郎兵衛は問う。

「先鋒が五人、後詰めが七、八人くらいでしょうか？……しかとはわかりませぬ」

「先鋒……つまり、いま正面から来る敵が五人。その後ろに控える後詰めの数は全部で十名だ」

三郎兵衛は言い切った。

「そこまで…しかとわかりますか？」

「わからねば、命を保てぬぞ」

三郎兵衛が答えるのと、先鋒──最初の敵が二人の視界に入ってくるのとが、ほぼ同じ瞬間のことだった。

だが、二人がすれ違うのが精一杯の狭い路地だ。

「松波様」

「そなたが先に行け。儂が後詰めを務める。そなたは好きに動くがよい」

「承《うけたまわ》りました」

答えると同時に千鶴は鯉口《こいぐち》を切りつつ走り出した。一度走り出すと、親の仇でも見つけたが如く一途に走る。

それは、視界の端に姿を現した者たちにとって、些《いささ》か――いや、かなり意想外の事態であった。

それ故、敵は動揺した。

白刃を抜いた千鶴が見る見る殺到してくると、目に見えて慌てふためき、或いは辛うじて鯉口を切る者、或いはどうにか抜刀する者とに分かれた。

彼らは一応武士というか、浪人の風体をしており、顔も隠してはいなかった。これから襲撃しようとしていた相手から逆に襲撃されて慌てる様子を見る限り、さほど手《て》練《だれ》のようには思われなかった。

「すわッ！」

辛うじて抜刀した者が千鶴の前に立ちはだかったが、立ちはだかった同じ瞬間、
ずうッ、
千鶴の切っ尖が、そいつの鳩尾《みぞおち》を真っ直ぐ貫いていた。無駄のない、見事な突きだった。

が、千鶴の切っ尖は、そこでは止まらず、ふわりと弧を描きながら次の敵へ――。

二人の男に向かいざま、千鶴は刀を一旋する。

「ぐぅがッ」

一旦すり抜けて立ち止まり、反転して千鶴の背後を襲おうとしたその喉元が、鋭く抉《えぐ》られた。

千鶴の刀が三人目の獲物を目指したとき、あとの二人はそれぞれ千鶴の脇をすり抜けている。すり抜けた先に三郎兵衛が待ち構えていることくらい承知していた筈だが、その次の瞬間、
ぎゃッ！

口と喉笛の両方から短い悲鳴を発することになる。

三郎兵衛と向き合った同じ瞬間、その切っ尖で喉元を貫かれていた。

（《葵》め、なかなか味な真似をするではないか）

千鶴の為様《しざま》を見てふと興味が湧き、自らも試みたのだ。

狭い場所での突きは、思った以上に有効であった。

しかし三郎兵衛は、一人を突き殺しただけで、残りの一人はあえて無視した。無視された男は当然三郎兵衛の脇を走り抜け、そのまま逃走する。

「どうやら、そこいらで掻き集められた痩せ浪人のようですね」

「ああ、この分では、後詰めは来ぬな」

「何故わかります？」

「おそらく、後詰めもこやつらと似たり寄ったりの連中だろう。先鋒が瞬殺されたと知れば、慌てて逃げ出すのがおちだ」

「走り去ったあの者は？」

逃げた男の背に視線を送りながら千鶴が問うと、

「銀二にあとを追わせた。或いは、万に一つも、雇い主の許へ向かわぬとも限らぬからな」

事も無げに三郎兵衛は答えた。

「銀二殿を先に帰したように見せたのはそのためだったのですね」

喉元まで出かかる言葉を、だが千鶴は呑み込んだ。あまり口数が多いと、又候《またぞろ》「黙っていろ」と言われそうだったからに相違ない。

三

「御前と千鶴殿を襲ったのは、《五家講》の残党に間違いありませぬ」

例によって、桐野は淡々と報告を続けた。

「だが、逃げた男は結局雇い主の許へは戻らなかったのであろう？」

「あの男は金で雇われたただの破落戸《ごろつき》。ですが、後詰めの者たちの中に、雇い主の腹心がおりました」

「そうか」

桐野の周到さに内心舌を巻きつつ、三郎兵衛は応じる。

「殺された御半下は、《五家講》の間諜なのであろう?」

「はい」

「なぜ《五家講》は、自ら育てた間諜を殺す? あの雪という娘は、十五の歳から大奥勤めをしていたというぞ」

「詳しいことはわかりませぬが、矢張り口封じではないかと――」

「口封じということは、漏れては困るなんらかの秘密があるということになる」

「はい」

「なんだ、それは? 既に事はすべて露見したのだぞ。この上まだなにか、隠さねばならぬ謀《はかりごと》があるのか?」

「そうかもしれませぬ」

至極あっさり桐野は認めたが、三郎兵衛は全く釈然としない。

「ふうむ……すべてが露見してもなお諦めず、まだなにか企むとは、しぶといのう。

黒幕の正体もまだ摑めぬのか？」

「………」

桐野は無言で目を伏せた。

答えられぬのは、己の不甲斐なさを痛感するが故であった。

「勘違いするな。別にお前を責めているわけではない」

桐野の苦衷を知る三郎兵衛はすかさず言い募ったが、桐野の顔色はなおも冴えない。

「だが、《五家講》が更なる陰謀を企んでいるとなれば、話は別だ。すぐにも叩き潰さねばならぬ」

「御意」

桐野は力無く頭《こうべ》を垂れている。以前は能面のようだったその顔に、近頃は屢々《しばしば》苦渋を滲ませるようになった。三郎兵衛にとっては、それは多少喜ばしい。

「すべて、私の力足らぬが故でございます。万死を以てしても、償えませぬ」

「大袈裟なことを言うな、たわけが」

三郎兵衛は軽くいなしてから、

「《葵》……いや、千鶴に、此度の件をすべて明かした上で手伝わせようと思うが、異存はあるか？」

思いきって、訊ねた。

「もとより、千鶴殿にお手伝いいただくには、すべてをお話しするしかありませぬ」

桐野は至極あっさり承諾した。

承諾するしかない状況を見越した上での提言であるから、反則なのは承知の上だ。

しかし三郎兵衛は悪びれなかった。これまで、幾度となく、桐野から同様の手口をくらっている。

（お返しだ）

とまでは思わぬが、多少溜飲が下がったことは間違いない。

「ところで、橋本縫殿助はどういたした？　未だ藩邸に戻っておらぬようだが」

「橋本縫殿助？」

「府中藩の江戸留守居役だ。そちの部下の寛七が連れて行った」

「ああ、あの者ですか。あの者は……」

桐野は漸《ようや》く思い出したようだが、すぐに困惑顔で口ごもった。

「まさか、殺したのか？」

「まさか！　御家門の家臣を手にかけるなど、あり得ませぬ」

「だが、まだ拘束しているのであろう？」

「少々仕掛けをいたしまして、内通者に仕立ててやろうかと――」

「内通者に？　どういうことだ？」

三郎兵衛は不審げに問い返す。

「以前お前は、橋本の一味が蓉姫を亡き者にせんと企んだのは私怨のようなものだと言ったではないか？　私怨であれば、もうそれ以上の企みもあるまい」

「理由は私怨のようなものであっても、これは、藩を二分する御家騒動でございます。見過ごしにはできませぬ」

蓉姫の父は、先々代藩主で、水戸家の家老・松平頼福の子・頼明だ。藩内に軋轢があるとすれば、水戸宗家から来た先々代藩主派と、養子である現藩主派の二派によるものだろう。

桐野の言わんとすることは、三郎兵衛にも容易に知れた。

「見過ごしにできぬと言うて、どうするつもりだ？　いまは、《五家講》の件だけでも手一杯ではないのか」

「それ故に、あの者を内通者に仕立てあげて藩邸に戻し、内輪揉めを起こさせまする。されば、一味の者共は疑心暗鬼にとらわれ、しばし身動きがとれなくなります」

「なるほど――」

「されば、こちらは労せず一味を瓦解させることができます。たいした手間はかかりませぬ」

「確かに手間はかかるまい。だが、そう上手《うま》く事が運ぶものかな？」

「わかりませぬ」

「なに？」

三郎兵衛の眉間が忽《たちま》ち険しくなる。

「桐野、そちは儂をからかっておるのか」

「いいえ、滅相もない。……仮にどのような策を弄《ろう》そうとも、絶対はあり得ないと申し上げたかったのでございます」

「それならそうと、はっきりそう言えばよい」

「申し訳ございません」

一瞬項垂れ、意気消沈したように見えたのも、或いは芝居であったかと疑うほど、桐野の表情も言葉つきも、いまは氷の如く無感情であった。

（矢張り、この者に人間らしい感情の発露を望むのは無理な相談なのか）

「ですが、これは、《五家講》の企みとも、強《あなが》ち関わりがないわけでもないのです」

変わらぬ顔色口調で、桐野は言う。

「そういえば、《五家講》は近頃、資金稼ぎのために、国元にいる大名家の子弟を誘拐しては身代金を要求しているのだったな」

「御意」

「それはまことなのか?」

「まことかどうかを、調べております。……なかなか、全容の掴めぬ組織でありますれば、慎重に進めねばなりませぬ」

「ふうむ」

三郎兵衛は長嘆息した。

「厄介なものよのう」

将軍暗殺計画は失敗し、組織の全貌も露呈したというのに、この上なにを悪足掻《わるあが》きしようというのか。

二十年のときを経てじっくり育てられ、その創始者すらも想像だにしなかった姿に変貌を遂げた組織は、最早人知を越えた存在なのかもしれない。

四

「では、大奥を去った者たちはすべて、《五家講》という組織から遣わされた間諜だったのでございますか」

さほど驚きもせずに千鶴は言い、三郎兵衛を見返した。

姿を消した者たちすべてが、とまでは思わぬまでも、中には間諜の一人や二人、いても当然だ。なにも疚《やま》しいところのない者が、突然姿を消すわけはない。

「もとより、すべてそうなのかしかとはわからぬが、殺された御半下の雪なる者は、間違いなく《五家講》の間諜だ。何事か、重大な秘密を知るが故に口封じされた可能性が高い」

三郎兵衛の言葉を嚙みしめるが如く、目を閉じて聞き、しばし沈思した千鶴は、ふと目を開けると、

「では、大奥を出た他の間諜たちも皆口封じのために殺されるのでしょうか？」

迷いのない目で三郎兵衛を見返しながら問うた。

「或いは、既に殺されているのでしょうか？」

「さあ……それはわからぬ」

「もしまだ殺されていないのであれば――」

「なんだ？」

「助けねばなりませぬ」

「え？」

三郎兵衛は耳を疑った。

「如何なる理由があろうとも、無下《むげ》に殺されてよい命など、あろう筈がございませぬ。助けられるものなら、助けとうございます」

「…………」

真っ直ぐな千鶴の視線に、三郎兵衛は少なからず戸惑った。《五家講》の陰謀を如何にして探り、未然に禦ぐかということに腐心していたその矢先に、救える命なら救おうなどという発想は微塵もなかった。

しかるに千鶴は、《五家講》の陰謀を禦ぐ以前に、逃げ出した間諜たちを救いたい、と言う。

（この女子の頭の中は一体どうなっておるのだ？……いや、頭で考えず、情で物事を判じるから、そうなるのだということはわかっているが……）

三郎兵衛は困惑するとともに、少なからず感動していた。

総取締役が千鶴に課した密命は、大奥から姿を消した御年寄・松山の行方を追え、というものにほかならない。それを知るためには、いまは《五家講》の内偵を徹底するべきなのに、既に役目を終えて大奥を去った者たちの命を救いたい、と言う。

（真っ直ぐなのはよい。情け深いのも美徳だ。だが、そのために、この先も幾度となく死地に赴《おもむ》くことになるのであろうな）

心中深く嘆息してから、

「それで、お前はどうするつもりなのだ、《葵》？」

改めて、三郎兵衛は問うた。

「どう、とは？」

千鶴は怪訝そうに問い返す。

「御年寄の松山にせよ、他の者たちにせよ、皆経歴を偽っていた。ということは、実家を調べても意味がないということだ。だが、実家や身許引受人以外に、手がかりがあるか？」

「………」

「手がかりが何一つなくて、なにをどう調べる？　そなたになにか考えがあるのか？」

「考え、というのも烏滸《おこ》がましゅうございますが――」

と一旦言葉を止め、しばし逡巡してから、

「偽りであることは重々承知しておりますが、それでも矢張り、あの者たちの身許引受人と実家を調べ直してみたいと存じます」

存外迷いのない口調で千鶴は答えた。

「何故そんな無意味なことをする？」

「無意味かもしれませぬが、他になにも手がかりがない以上、敵に与えられた手がかりを頼るほかございませぬ」

「敵に与えられた手がかりだと？」

三郎兵衛は不審げに眉を顰める。

「はい。《五家講》とやらも、間者《かんじゃ》を送り込む際、すぐに露見するほど底の浅い偽りはいたさぬ筈です。御半下として送り込んだ者が、まかり間違ってお手付にならぬとも限らぬのが、大奥でございます」

「なにが言いたい？」

「仮に、身許を調べられても困らぬだけの工夫は施されているはずです」

「…………」

「それで、改めて調べましたところ、なんと、此度大奥を去った者たちのうち、五名もの者の身許引受人となっている町名主《ちょうなぬし》がおりました」

「なんだと⁈」

「名前の文字を仮名書きにしたり、わざと一文字書き間違えたりして、一見別人に見えるよう誤魔化してはおりましたが、同一人に間違いありません。もっとよく調べれば、他にも同様の者がおるかもしれませぬ」

「それはまことか？」

「はい。子供騙しの手口ではありますが、大奥側にも内応する者がおれば充分誤魔化すことができます。誤魔化している以上、なにか知っている筈でございます。そういう者たちを根気よく当たってゆけば、なにかわかるのではないかと――」

「確かに――」

（いまはそれしかあるまいな）

　三郎兵衛は心中密かに合点した。

　僅かな縁《よすが》を頼りに手探りで調べ、針の穴に糸を通すが如き遣り方は、まさに町方の捜査方法である。

「では、行ってみるか」

「え？」

「折角そなたが調べあげたのだ。確かめてみる価値はありそうだ」

期せずして三郎兵衛は笑顔になった。

調べを進めるにも手がかりがない場合の対処法は、いつも一つだ。即ち、それでも強引に手がかりを見つけるしかない。町方の与力・同心も、常にそうして、地道に手探りの調べを行っているのだ。

「あの家が？」

「ああ、そなたの言う町名主・《常盤屋《ときわや》》石右衛門《いしえもん》の家だ」

千鶴が短く問いかけ、三郎兵衛は頷いた。

町名主とは、各町の差配を行う町役人《ちょうやくにん》のことだが、役人といってもその俸給は奉行所から出ているわけではなく、その町の町費によってまかなわれている。当然薄給であるため、他に商いなどして生計をたてている者が多い。《常盤屋》も、代々旅籠《はたご》を営み、女房に切り盛りさせていた。また、地域によっては、町代とか肝煎りなどとも呼ばれる。

名主の職自体は世襲であるため、その土地ではある程度の信用を得ており、そのため、町内の者が武家奉公などする際の身許引受人となることが多い。

「姿を消した者たちのうち、実に五名ほどが、《常磐屋》を身許引受人としておりました」

「五名といえば、消えた者のほぼ半数ではないか。それだけ多くの者を大奥に送り込んでいながら、よく気づかれなかったものだな」

「五名のうち、二人は御半下、二人は御仲居《おなかい》、一人は御犬子供《おいぬこども》と、部署が違う上に、それぞれ大奥に入りました時期も違っておりました故、気づかれることはなかったのでしょう。此度、黙って姿を消したりしなければ、誰も、下働きの者らの身許引受人が誰かなどと詮索する者はいなかった筈です」

「なるほど――」

軽く頷いてから、

「では、何故五人もの娘を大奥へ送り込んだのか、その仔細を本人に訊いてみるとするか」

三郎兵衛は自ら先に歩き出した。

旅籠の入り口ではなく、家族とともに住まう自宅のほうへ向かうべく、向きを変えたのだ。千鶴は無言でそれに続く。

「御免《ごめん》ッ」

町家にしてはなかなか立派な門口に立ち、三郎兵衛が声をかけたとき、奥のほうで、ガダッと大きな物音がしたような気がしたが、定かではない。町名主の家は、地域の寄合所を兼ねていることが多いので、人の出入りは少なくない筈だ。

「御免ッ、誰かおらぬか？」

「旅籠の仕事が忙しく、皆、出払っているのやもしれませぬ」

「いや、奥で物音がした。誰かいることは間違いない」

「そういえば、確かにいたしました」

三郎兵衛の主張に、千鶴は即座に同意した。

「そなたも聞いたな？」

「はい、聞きました」

千鶴は大きく頷く。

「おかしいのう。儂の声が聞こえぬのか？」

三郎兵衛がしばし首を傾げるので、

「御免候《そうら》えッ」

千鶴も声を張りあげてみた。

「何方《どなた》か、おられませぬかぁ？」

だが、それに対する返答の代わりに、

「ぎゃーッ」

今度ははっきりと、大きな悲鳴が聞こえてきた。

ただならぬ悲鳴である。

「……………」

一瞬顔を見合わせてから、三郎兵衛と千鶴は躊躇《ためら》わず踏み込むと、声のしたほうを目指した。

庭をぐるりと巡る形の長い廊下を渡りきった先が広々とした座敷になっていて、そこで人影の蠢《うごめ》くのが見える。

「ぎゃッ」

そして、断末魔を思わせる短い悲鳴と、逃げて去らんとする黒い影——。

「追え、《葵》ッ！」

「はいッ！」

三郎兵衛の命に反応し、千鶴は真っ直ぐ逃げて行く人影に向かった。

「待て！」

もとより、待てと言われて素直に待つ者などいないことは想定済みだ。

千鶴の狙いは、声をかけることで、少しでも相手を狼狽《うろた》えさせることにある。狼狽えて、一瞬でも足が止まればもうけもの。そこまでゆかずとも、逃げる相手の心にほんの僅かの隙でも生じさせられれば幸いだ。

「待てッ！」

相手の足が止まらぬことはわかっていたが、千鶴は再度呼び止めた。そうするうちにも、千鶴はかなり相手に肉迫する。

その者は、円錐形の菅笠のようなものを被《かぶ》り、木綿《もめん》の半合羽《はんがっぱ》に半袴《はんばかま》を着けていた。体つきは千鶴よりもずっと小柄で、一見しては男か女かの判別もつかない。或いは、子供のように見えなくもない。

軒先から庭へと駆け降りたその者は、急追してきた千鶴の目の前で、フワリと身を舞わせた。

「あ！」

驚く千鶴の目の前で、小柄な体が宙に舞い、屋根上へと到る――。

その背に向けて咄嗟《とっさ》に小柄《こづか》を投げつけたが、間一髪《かんいっぱつ》で避けられた。

まさしく、猿《ましら》の身ごなしであった。

「待て！」

待つわけがないと承知しながら、つい無意識の言葉が千鶴の口をついた。

屋根の上へ跳んだそいつは、そのまま身を翻《ひるがえ》すと今度は反対側——通りのほうへと飛び降りたようだ。

「チッ」

舌打ちしざま、千鶴は身を翻して入口へ戻ろうとした。さすがに屋根の上まで跳躍する能力はない。一旦表へ出て、通りを巡って追いつくよりほかになかった。

だが、

「無駄だ」

三郎兵衛に阻まれた。

「松波様？」

「あの身ごなしだ。走って追いつくのは不可能だろう。それより——」

三郎兵衛が示す先に、死骸が転がっていた。

「これは……」

明るい藍《あい》色の大島《おおしま》を着た五十がらみの男が、胸を押さえて仰向けに倒れている。

「………」

千鶴は無言で近づくと、一応呼吸を確かめた。

「既に事切れておる」

三郎兵衛が静かに首を振る。

「石右衛門でしょうか？」

「ああ、間違いあるまい。……忌々《いまいま》しいほど、見事な仕手だ」

外傷は、急所を深々と貫いた一箇所のみ。ほぼ即死であろう。

「口封じでございましょうか？」

「それ以外に理由はあるまい」

「しかし、何故我らに先んじて……」

「ううむ……どうも、こちらの動きが、敵に筒抜けのようだ」

「そんな……」

「きゃあああーッ」

言いかけた千鶴の言葉が女の悲鳴に遮られた。

「あ、あなた方は、一体……」

夫の遺骸と三郎兵衛らを見比べながら廊下に立ち尽くした太り肉《じし》の中年女は石右衛

門の妻で旅籠《常磐屋》の女将《おかみ》に違いなかった。

五

「旦那様ッ、旦那様ッ……ああ、どうしてこんなことに……」

女将の嗚咽はなおやまない。

「誰が……一体誰が旦那様を…こんな…目に……」

泣き喚く女将の気を鎮め、子らには速やかに番屋に届けることを勧め、やがて番屋から駆けつけてきた同心と目明かしを相手に事の次第を説明し終えるまでに、ほぼ一刻を要した。

「松波様ではございませぬか。それに、別式女様も――」

駆けつけてきた同心は、偶々《たまたま》なのか、或いはなにかの縁《えにし》か、先日も会ったばかりの北町の村田亥五郎であった。

考えてみればまだ北の月番中だから別に不思議はないのだが、二度と会わないだろうと思っていた相手と再び出会《でくわ》すのも不思議なものだ。

「松波様は、一体何故こちらに？」

村田は怖ず怖ずと問うてきた。

取り調べと思われ、気分を害されぬよう、極力気を遣っているのだろう。

「そ、それに、松波様は下手人を目撃されたとか？」

「目の前で逃げられてしまったがな」

悪びれもせずに、三郎兵衛は答えた。

「か、顔はご覧になりましたか？」

「笠を深く被っておった」

「では、他になにか下手人の手がかりは？」

「まあ、待て」

身の程知らずにも畳み掛けてくる村田を、三郎兵衛は一旦押し止め、

「先ずは、こちらの話を聞け」

と厳しく戒《いまし》めた。

「殺された《常磐屋》石右衛門は、近頃大奥から姿を消した五人の女たちの身許引受人になっておった。それ故、失踪した女のことをなにか存じておるのではないかと思うて訪ねてまいった」

三郎兵衛は包み隠さずに事実を告げた。

ここで変に隠し事をして、妙な疑いをかけられるのは得策ではないと思われたからだ。

「大奥といいますと、先日大川にあがりましたホトケともなにか関係が？」

村田亥五郎は忽ち目の色を変えて飛び付いてきた。

水死体の身元確認が思うように進展していない証拠であろう。

「関係があるかないかは、別儀である」

だが、三郎兵衛はにべもなく言い放った。

「町方が、こちらの調べを詮索することも相成らぬ」

「…………」

一旦村田を黙らせてから、今度は少しく声を落とし、

「言っておくが、これなる別式女は、大奥総取締役からの密命を帯びて探索を行っておる。このことの意味がわかるな？」

ひどく意味深な言い方をした。

小心者の村田を不安がらせるには充分であった。

「そ、それは……」

「密命の意味がわからぬか？」

「わ、わかります」

「密命である以上、仔細が表に漏れては困るのだ。それ故、もうこれ以上、我らには関わるな」

「え？」

「よいな？」

念を押され、村田は仕方なく肯いた。ときの大目付から頭ごなしに命じられたのだ。従わないわけにはいかなかった。

「最前は、何故あんな言い方をなされました？」

角を曲がったところで、案の定千鶴は三郎兵衛に問うてきた。

「決まっていよう、これ以上こちらのすることに口を出させぬためだ」

「それはわかっておりますが、なにもあのような含みのある言い方をなさらずとも……あれでは余計我らに不審を懐《いだ》いたやもしれませせぬ」

「それでもかまわぬ。不審を懐いて我らを詮索しようものなら、それこそ、痛い目を見せてやるだけのことだ」

「…………」

　千鶴はさすがに絶句した。

　ここまで言われてしまうとは、さすがに同心が気の毒に思える。しかし、三郎兵衛には三郎兵衛の意図もある。

「なんにせよ、これで我らも、しばらくは身動きがとれぬ」

「え？」

「敵は、我らが石右衛門を訪ねると知り、一歩先んじて始末したのだ。完全に、動きを読まれておる」

「…………」

「もし儂らが次の身許引受人の許へ向かえば、おそらくそやつも始末される」

「ですが、既に始末されているやもしれませぬ」

「そうかもしれぬ。だがそれは、何れわかることだ。いまは我らが動くべきではない」

「では、一体どうすれば？」

「そうよのう」

　三郎兵衛はしばし考え込む様子を見せてから、

「しばし遊んでおろうかのう」

千鶴が戸惑わずにいられぬほど、朗らかな笑顔で言った。

「遊ぶの……ですか？」

「そうだ」

「なにをするのでしょうか？」

「なんでもよい。芝居小屋に日参してもよいし、深川《ふかがわ》の《二軒茶屋《にけんぢやや》》で昼間から酒をくらうのもよい。……ああ、これからの季節であれば、酉の市もあるのう」

「酉の市……」

「そうじゃ。《葵》は大奥暮らしが長い故、下々の祭りには無縁であろう」

「いいえ、大奥でも毎年行われておりますよ」

「大奥で？」

「はい。大奥は、なにかと行事の多いところですが、近年衣裳比べのような贅沢な催しは禁止され、『四万六千日』や『酉の市』など、民間の習慣をご城中にて楽しむことが多くなりました。民間の祭りであれば、屋台をそっくり招き入れれば済むことですから」

「無闇と外の者を奥に招き入れるなど、不用心ではないか。自ら刺客を呼び込むようなものだ」

「いいえ。屋台だけ借りてきて、売り人の役はお庭番がやるのでございます」

「なに、お庭番が⁈」

「警護も兼ねますので、一石二鳥でございます」

「なるほど、豪奢なものだな。矢張り大奥は別世界じゃのう」

三郎兵衛はしばし感心した。

「ですが、矢張り市中の本物のお祭りとは空気が全然違います」

「そうか？」

「はい。大奥は、所詮《しょせん》女子ばかりでございますから」

千鶴は淡く微笑《ほほえ》んだが、その笑顔は極めて曖昧で、三郎兵衛にはどちらの意味なのか、彼女の真意がはかりかねた。即ち、女子ばかりの大奥を心からよいところだと思っているのか、それとも全く逆の意味なのか。

（わからぬな、所詮女子の心の裡など……）

思うともなく思い、三郎兵衛もまた無意識に苦笑した。

第三章 《傀儡《かいらい》》の薫《かおる》

一

「どうです、お頭《かしら》?」

見るからに野卑で悪辣な髭面《ひげづら》の男から笑いかけられて、内心うんざりした。山賊一味の者たちだから、もとより下卑ているのも当然なのだが、毎日その顔を見ているのにいまだに寒気がする。顔もいやだが、野太い濁声《だみごえ》はもっといやだ。耳にするたび、鳥肌がたつ。

「悪くねえでしょう?」

ぶ厚い唇のあいだから覗く歯が存外白いことすらも気に食わなかった。

「どうこうも、旅芸人の一座じゃないか」

身を乗り出して男が示す方向にはさほど興味を示さずに言い返す。

毛の生えた野太い指が差す先に、総勢十数人から成る旅の一座が、二台の荷車とともにやって来るのが見える。

男女の割合はほぼ同数だが、中には十かそこらの子供の姿もあった。旅暮らしが長いらしく、どの者も草臥《くたび》れた様子で、薄汚れた着物を身につけていた。

どこからどう見ても、裕福な連中とは思えない。山賊に目を付けられる筋合いは全くなさそうだった。

「旅芸人の一座なんか襲ってどうするんだ。その日暮らしの憐れな連中だ。金なんか、ろくに持っちゃいないだろ」

「今回は、金よりも女ですよ」

「女？」

「芸人の女には別嬪が多いんです。……たっぷりと愉しんでから売りとばせば、そこそこの金にはなります」

「愉しんでから売りとばす、だと？」

お頭の眉がピクリと吊り上がり、忽《たちま》ち険しい顔つきになるが、髭面は少しも気づいていない。己の愉しい妄想に夢中になるが故、視線が、芸人のほうに向いたきりなのだ。

「あ、お頭の好みの男だって、多分いますぜ」

「お前に、私の好みがわかるのか？」

吐き気のしそうな嫌悪を堪えながら、お頭は問い返す。

「そりゃあ、やっぱり、役者みてえな色男でしょう。女はみんな、色男に弱い……」

げひゃッ、
言い終えぬうちに、そいつの横っ面が火を噴いた。

お頭のしなやかな脚《あし》で顎を蹴り上げられ、悶絶したのだ。

「ぐぅ…ふぅ」

「狎《な》れた口きいてんじゃねえぞ、クソがッ」

お頭は、まだ年若い女であった。

年の頃は、二十代半ばといったところか。化粧もせず、長い髪は至極ぞんざいに一つに束ねただけ。暗い色の粗木綿《あらもめん》の小袖に黒の袖無し羽織、草臥れた裁着袴《たつつけばかま》という武芸者風の男装をしている。

裁着袴の腰には、当然二刀を手挟んでいた。

「お…お頭……」

「私をお頭だと思うなら、勝手なことは考えるな。愉しんでから売りとばすだと？この、蛆虫《うじむし》以下のゲス野郎がッ」

痛めつけてから叱責すれば、相手は当然涙目で彼女を見る。

「殺されたいのか？」

「お、お許しください、お頭様ッ」

すると、全部で八人いる山賊たちが、揃って彼女の足下に平伏《ひれふ》した。

「どうか、お許しを。……金輪際《こんりんざい》お頭には逆らいません！」

「逆らいません」

「お許しください」

「お許しください」

「お許しください」

この上なく凶悪な面構えの髭面男どもが、挙《こぞ》って彼女の足下に平伏すのは、なかなかの見物《みもの》であるが、彼女は眉一つ動かさずその様子を見据えている。

「お許しください」

「お許しください、お頭様」

「どうか、お許しください」

口々に詫びるのを、しばし冷ややかな目で見下ろしてから、

「もう、いいから、立てッ」

お頭は命じた。

山賊たちは、恐る恐る顔をあげて彼女を見るが、すぐには腰を上げずにいる。本気かどうかを見定めてからでないと、迂闊《うかつ》に立っては危険であった。

仮にお頭が本気でなかった場合、

「なに立ってんだ、てめえ」

立ち上がりざまをいきなりぶん殴られないとも限らない。もっともそれは、いまのお頭というより、いまは亡き以前のお頭の場合によくあったことなのだが。

当然、いまのお頭はそんな事情など露知らず——。

「立てッ！」

なかなか腰を上げようとしない山賊どもに業《ごう》を煮やし、お頭は再度怒気を発した。

今度こそ、本物の怒気である。

「は、はいッ」

山賊たちは、揃ってその場に立ち上がる。

「以前も言ったが、非道は許さない」

「へへーッ」

「奪っていいのは、暮らしに困らぬ金持ちの金だけだ」

「へへーッ」

「女を犯すだの売りとばすだのと言い出したら、今度こそ、てめえら全員ぶち殺すからな」

「は、はいッ」

「もう二度と申しません」

「ですから、どうか我らをお見捨てにならねえでくだせえ」

「お見捨てにならないでください」

「どうか、お頭」

「ああ、わかったから、少し離れてろ」

仕方なく頷いてから、蠅でも追うような仕草で、山賊たちをぞんざいに追い払った。

山賊たちは言われるまま彼女から少し離れたところで再び蹲《うずくま》り、神妙に次のお言葉を待つ。

（クソ山賊どもが――）

内心忌々《いまいま》しい思いでいながらも、彼女はその場に留まっている。

すぐには行く場所が思い浮かばないのだ。

山中で謎の黒装束の一団に襲われ、これをどうにか撃退したものの、気がつけばお供の者たちとははぐれてしまった。或いは、お供は襲撃によって全滅したのかもしれない。

兎《と》に角《かく》、気がつけば彼女は一人きりだった。

一人で、しばし山中をさ迷った。

己の名すらわからないのだから、当然、何処《どこ》へ行けばいいのかもわからない。

わからないままに場違いな姿でさ迷っていると、

「おいおい、お姫様がお一人で何処へお出かけですかね」

馴れ馴れしく声をかけられた。

見るからに、悪党然とした山賊であった。大柄で満面髭面で、熊そのものだった。

毛皮の袖無し羽織を纏《まと》っているせいで、より獣らしく見えた。

髭面の熊は全部で十頭ほどもいた。

近づいてきたのは、中でもひときわ大柄なのと二番目に大きいのだった。

「お姫様がたった一人でこんなところをうろうろしてたらろくなことはねえ。あっしらが、送ってさしあげますから、仲良くしようじゃねえですかい」

「五月蠅《うるさ》い」

にべもなく答え、蠅を追い払う仕草をすると、

「なんだとう、このアマッ」

「優しく言ってりゃつけあがりやがって。痛い目みねえとわからねえようだな」

熊どもは忽ち豹変した。

気味の悪い猫撫で声よりも、そちらのほうがずっと柄《がら》にあっていた。

「五月蠅いと言っているだろう」

言うが早いか、姫――かどうかはわからぬが、姫の装束を身につけたその者は腰の小脇差《こわきざ》しを抜き放ち、

「五月蠅い奴は大嫌いだ。地獄へ行け」

野太い腕を伸ばして肩を摑もうとする熊のような大男を、一刀両断した。

「ぎゃあああ〜ッ」

派手に絶叫しながら、そいつは眉間と鳩尾《みぞおち》から夥《おびただ》しく血を飛沫《しぶ》かせ、仰向けに倒れる。倒れたときには、当然絶命していた。

「こ、このアマッ」

目の前で起こった急な惨劇と飛沫いた血の量に怯えながらも、もう一頭の熊が吠え

るのを、彼女は冷ややかに見据えた。

「あああぁ～ーッ」

抜き身の短刀を振りかざしながら来る男の胴を、彼女の小脇差しが鋭く貫く――。

既に黒装束との死闘の果てに、数知れずの者を手にかけている。この上小悪党数人を葬ることに躊躇《ためら》いなど覚えるわけもない。

「………」

臓腑のかなり深いところを刃で貫かれた男は、彼女が素早く小脇差しを引き抜くと支えを失ってよたよたと進み、数歩行ったところで不意に頽《くずお》れた。

声もなく頽れた男の体を踏みしだきながら、彼女は一歩、山賊たちに向かって踏み出す。

残る山賊の人数は八名――。

黒装束の刺客とは雲泥の差で、てんで弱い。

さほどのときも手間も要さず、全員に引導を渡せるだろう。

「そんなに地獄へ行きたいのなら、かかってきな。お望みどおり、案内してやるよ」

言い放ちざま、血に汚れた小脇差しを大きくひと振りする。

ジャッ、

と空を斬る音とともに、刀身に纏わりついていた夥しい血糊が瞬時に吹き飛ぶ。

目の前で、首領と副首領の二人を瞬殺された手下どもは、一様に言葉を失い、立ち尽くしていた。

元々、剛力無双で腕の立つ二人がいたからこそ仲間に加わり、命じられるまま悪事を重ねてきた。

だが、突如悪鬼羅刹《あっきらせつ》の如き能力を有する小娘が現れ、二人とも、瞬《また》く間に殺されてしまった。果たしてこれより、己らはどうすればよいのか。腕の立つ首領なしでこの先やっていけるのか。

「ひ、姫様！」

不意に、誰かが彼女を呼んだ。

「姫様ッ」

呼びながら、そいつは必死の形相で彼女の足下に跪《ひざまず》く。

（え？）

内心動揺しながらも、彼女は矜持を保つ。

「なんだ」

「お願いでございますッ、姫様！」

跪いた山賊が、更に必死で掻き口説く。

「どうか、お聞き届けくださいッ」

「なんのつもりだ？　お前ら、仲間を殺されて、悔しくないのか？」

だが、挑発されても、そいつも他の者も、得物を手に立ち向かってくる気配はない。

しばし呆気にとられてその様子に見入った。

「姫様ッ、いえ、お頭様ッ」

と彼女を呼ぶなり、また別の一人がその足下に跪くまでに、さほどのときは要さなかった。

「なに？」

「あなた様が、いまより我らのお頭でございますッ」

「はあ？」

姫君――かどうかはわからぬが、姫君らしき打掛を纏った彼女はさすがに当惑した。

「なに寝言ほざいてやがる！　お前たちのお頭はたったいま私が殺した。お前らも見ていただろう」

「ですから、どうか我らのお頭様になってくだされ！」

山賊どもは大真面目であった。

「お頭になってくだされ」

「なってくだされ」

「お願いいたします、お頭様」

「お頭様」

「お頭様」

「お頭様」

「やめろッ」

彼女は怒鳴った。

「私は、貴様らのお頭になる気などさらさらない。殺されたくなければ、とっとと、失せろ」

「いいえ、あなた様こそ、我らのお頭です」

「お頭です」

「お頭です」

「お頭です」

「五月蠅いッ、それ以上言えば全員地獄へ送るぞッ」

白刃をちらつかせつつ怒鳴りつけるが、彼らは一向に立ち去らない。

どの者も、彼女を見る目は大真面目で、嘘偽りはないように見えた。もとより、偽りでないからといって、世の中には聞ける願いと聞けぬ願いがある。

(冗談ではない)

困惑しつつも、だが彼女にも別の思案があった。

(こやつらを、このまま放っておいてもよいものか)

という思案である。

これまで彼らは、絶対的な力を持つ二人の首領に率いられ、彼らの命じるままに働いてきた。謂《い》わば二人は、組織にとっての「たが」だった。

その二人を彼女が殺したことで、残された者たちは、現在たがが外れた状態にある。たがの外れた悪党ほど、危険なものはない。

(このまま放てば、こやつらはそれぞれに悪事を働くかもしれぬ。いや、確実に働くだろう。最悪の場合、無辜《むこ》の命が奪われることになる)

なによりも、それを恐れた。

ならば、全員をこの場で葬ってしまえばよいものを、己を「お頭」と崇《あが》めてくる彼らの真摯さに、あろうことか、絆《ほだ》されてしまった。

「私をお頭と崇めるということは、如何なる命にも従うということか？」

ものは試しに問うてみると、

「はいッ」

「はい、従いますッ」

「従いまするッ」

「従います、お頭様ッ」

「お頭様ッ」

「どうか我らをお見捨てなきよう」

「お見捨てくださいますな」

「お願いです、お頭様ッ」

山賊どもは、口々に答えた。

（仕方ない。しばらくは、こやつらを見張るとするか）

斯くて、己の名も思い出せぬ女は、仕方なく山賊の頭におさまった。

己がここで山賊どもを突き放すことで、散り散りになった賊どもが他所《よそ》で悪事を働くのを阻止するためなのだと、懸命に己に言い聞かせながら。

断じて、他に行くあてがないから、とりあえずここに留まろうなどという、一時凌ぎのつもりではない。

（そんなつもりではない）

しかし、思えば思うほど、それが己に対する言い訳であることも、彼女自身よくわかっていた。

「わかった。お前たちの頭になってやる」

彼女は山賊たちに宣言した。

己の名もわからぬ女首領が、最初に配下の山賊に命じたのは、己が身につけていた豪華な打掛や美しい簪《かんざし》の数々を、麓の宿場で金に換えてくることだった。

その金で、豪奢な打掛よりは遙かに身体に馴染む着物を調達し、人数分の食糧も充分揃えることができた。

山中には、樵夫《きこり》や狩人が仕事の際に使用するための小屋がある。当分はそれらを根城にすればよい。

（狩りの仕方でも教えて、己の糊口をしのげるようになれば、盗みを働かなくても生きてゆけるとわかる。……いまは私に従うと言っているし、じっくり教えてゆくしかないだろう）

もし彼女が山賊の頭にならず、彼らを見捨てた場合、頭を失った賊どもがどうなるか、見当もつかない。とりあえず、いまは彼らにやけっぱちの暴走をさせてはならない。

使命感にかられたことは間違いないが、己の名も、何処へ行けばよいかもわからぬ者にとって、束の間とはいえ己の居場所となったこともまた間違いなかった。

「お前たち、私から離れていろッ」

旅芸人の一座のことで山賊どもを叱りつけてから、彼女は手近な岩場に腰を下ろしている。

山賊どもは、彼女の言いつけどおり、少し離れた場所で神妙に控え、お頭からの次の命を待っていた。

山上であるから、容赦なく風が吹き荒《すさ》ぶ。ときに容赦なく素膚《すはだ》を貫く切っ尖の如き鋭さだ。しかし彼女は一向平気であった。

余程寒さに強い体質なのか、多少の肌寒さすらも感じない。

（あやつら……）

怒りは未だおさまってはいなかった。

一頻《ひとしき》り説教はしたものの、それが彼らの心に届いたかどうか、自信はない。彼らにとっても、どうせ彼女は急場凌ぎのお頭だ。

どうすればよいのか、正直わからなかった。いっそ、全員を斬り殺して立ち去ればいいのかもしれない。

改心していない小悪党を野に放つのが不安だから、というだけの理由で奴らのお頭に就任したのだ。ならば、そんな小悪党など、始末してしまえばよいではないか。

だが、有無を言わさずそうするには、なまじ山賊どもと誼《よしみ》を通じすぎてしまった。

お頭になると宣言したその日の夜、

「疲れたから、寝る。……私が寝てるあいだに、寝首を掻きたけりゃ、やってもいいぞ」

宣言してから眠りに堕ちたのは、ここで命を失っても仕方ないと観念したからだ。

己が何処の誰なのか、名すら思い出せない状態で生きていても、無意味ではないか。

(殺さば殺せ)

とばかりに、本気で寝入った。

だが、極悪非道の山賊の癖に、寝ている彼女を殺そうなどという度胸のある者は、一人もいなかった。

寧《むし》ろ彼らは交替で彼女を見張り、寒そうにしていればそっと着物を打ち掛けたり、焚き火の炎が消えぬよう、注意深く調節したりして夜を明かした。

翌朝、山賊どもの心遣いを知ってしまうと、最早《もはや》彼らを皆殺しにして立ち去る、という選択肢は完全に潰《つい》え去った。

情が湧いてしまったのだろう。

己の中に湧いた未知な感情に、彼女は戸惑った。戸惑いながら、今日までだらだらと日を過ごしてきている。

山中では狩りの技を教えてやった。雉や山鳥程度の獲物であれば、弓矢がなくても、小石を投げて急所に命中させることができた。何故そんな技を身につけているのか、彼女自身与《あずか》り知らぬことだったが、山賊どもは無邪気に感心した。

しかし、山中の獲物にも限りがある。このまま山中で冬を越すとなれば、薪《まき》や防寒具など、もっとさまざまなものが必要となるだろう。

(だが、いつかは終えねば)

振り払うように、彼女は思った。

(いつまでもつきあってはおれぬ。……こやつらの心根は容易には変えられぬだろう。常に、悪事を働くことしか考えておらぬのだ。骨の髄まで悪党なのだ、こやつらは――)

懊悩の果てに、遂に決意せねばならぬ、と思い至ったとき、

「お頭、お腹すきませんか?」

山賊の一人から、不意に問いかけられた。

それが、仲間の中で最も年若く、最も暢気《のんき》な気だての万吉《まんきち》の声だということは瞬時に知れた。既にひと月近く彼らと共に過ごしてきて、一人一人の名も顔も性格も、ある程度は承知している。

「万吉」

「はいッ」

「腹がへったのはお前だろう?」

「はい」

つい、つられて頷いてしまってから、

「い、いいえ! あっしじゃなくて、お頭のお腹でさぁ」

万吉は慌てて首を振った。

その様子が滑稽で、常に無表情か険しい顔つきの彼女の面上にも、つい無意識の笑みが溢《こぼ》れる。

ひとたび笑うと、化粧もしていないのに、まるで別人のような美しさであった。

その笑顔をひと目見るなり、

一笑すれば城傾く、の意味はわからぬ無知な万吉にも、女の美しさが如何に尊いかは容易《たやす》く理解できた。

それ故万吉はしばし彼女の笑顔に見蕩《みと》れ、言葉を失っていた。

「万吉？」

「………」

「どうした、万吉！」

「え？」

強い語調で問いかけられて、万吉は漸《よう》く我に返る。

「腹がへったのだろう？」

「あ、いえ、あの……」

輝くような強い瞳で見つめられると、万吉は益々狼狽《うろた》えた。

「ならば、先に帰って、お前が飯を作れ」

お頭の命が下った。

「は、はいッ。作りますッ」

忽ち満面を喜色に染めて答えるなり、万吉は踵《きびす》を返して走り出した。

二

「まだ見つからぬのか？」

心中の苛立ちをひた隠しながら桐野は問うた。

「もう、ひと月にもなるのだぞ。府中藩の蓉姫は、一体何処に消えたのだ？」

「…………」

だが、桐野の問いに答える者は一人もいない。皆、現地に派遣されて十年以上にもなる者たちばかりで、江戸から来た桐野に緊張しているのだろう。深く項垂《うなだ》れたきり、ろくに顔もあげようとしない。

それでもかまわず桐野は言葉を続ける。

「供の者たちの死骸はすべて山中にて発見された。唯一人、蓉姫の遺骸のみ、未だ見つからぬ。どういうことだ？」

「…………」

「お前たちとて、お庭番の端くれであろう。何故見つけられぬ？」

「申し訳ございませぬ」

鬢《びん》の毛が半ば白髪混じりとなった小頭《こがしら》の五平《ごへい》が、漸く重い口を開いて返答した。

「我らの力不足にございます」

終始平身低頭するしかない。

何度か失態を演じたため、お城の警護からは外されたが、その失態をただの不運だと看破した組頭の桐野によって救われた。

「少しのあいだ、地方へ行っておれ。何《いず》れ呼び戻す」

という桐野の言葉を、五平は信じた。

見かけは随分老けてしまったが、実は五平のほうが実年齢は桐野より五つも若い。ともに、薬込《くすりご》め役《やく》時代から吉宗に仕えてきた。桐野にとって己は、弟分のようなものだと五平は自負している。

「ですが、桐野様――」

それ故思いきって切り出した。

「なんだ？」

「ここまで捜して見つからぬのですから、或いは、蓉姫は生きておられるのではないでしょうか？」

「かもしれぬ」

存外あっさり、桐野も認めた。自らもそう考えていた証左であろう。

「だが、仮に生きておられるとすれば、姫は何処にいる？　武芸自慢の姫だとしても、大名家の姫が、山中に一人取り残されてどう生き延びる？」

「御落胤《ごらくいん》である蓉姫様は、成年に近い年齢になられるまで町場で過ごされました。生きる術は身につけておられましょう」

「町場で育ち、生きる術を身につけた女は、初冬の山中であっても、一人で平然と過ごすことができるのか？」

桐野の言葉は次第に熱を帯びてゆく。

「それは……」

五平はしばらく言葉を躊躇《ためら》ってから、

「或いは、我らのような者であれば……或いは伊賀者《いがもの》であれば、充分過ごせるかと存じます」

遠慮がちに目を伏せながら答えた。

蓉姫の前身は伊賀者らしい、という噂を踏まえてのことだが、

「姫が伊賀者だというのは噂に過ぎぬ」

桐野は即座に否定した。

「なんの根拠もない噂だ」

と言いながらも、すぐに口調を変え、

「仮に伊賀者であったとするならば、もう何処ぞに姿を消していよう。見つけられるわけがない」

言い継いだものの、およそ桐野らしくない煮え切らなさであった。

「これ以上捜しても、無駄かもしれぬ」

桐野の、明らかに逡巡する様子を見て、五平には些《いささ》か察するものがある。なにしろ、若い頃からの長いつきあいである。だからといって、それを得意気に口に出したりしないのも、長いつきあいの故である。

またしばらく口を閉ざし、思案する様子を見せてから、

「桐野様は、蓉姫の正体にお心当たりがおありですね？」

五平は見事に看破した。

「違いますか？」

「…………」

桐野は答えない。

できれば己の心中を余人に見せたくはないし、見透かされるのも快くはない。

これがもし他の者であれば、桐野は断乎否定したであろう。

だが五平は、一旦桐野の心に踏み入ると、最早あとには退《ひ》けぬ覚悟で、痛いところを無遠慮に突いてくる。

「だとすれば、桐野様が悪い。何故、姫の骸《むくろ》を捜せなどとお命じになられました?」

「………」

「はじめから、姫の行方を追え、とお命じになればよかったではありませぬか?」

とどめを刺されて、桐野は一層固く口を閉ざすしかなかった。

(言えるくらいなら、はじめから、私が自ら出向いていた)

苦い悔恨が湧いた。

片意地を張らず、はじめから、自ら出向くべきだった。そんなことはわかりきっている。だが、公私混同したくないとか、優先せねばならぬ案件がある等の理由から、桐野は自らを厳しく戒《いまし》めていた。

その結果、畢竟《ひっきょう》こうして自ら出向いている。日頃の桐野らしくもない、ひどく効率の悪い愚かな遣り方であった。

三郎兵衛には黙っていたが、実は府中藩の蓉姫の身辺に異変有り、の報告を受けたときから、桐野にはある種の疑念が生じていた。

即ち、蓉姫は己の存じ寄りの者ではないか、という疑念である。

蓉姫に関する報告を聞けば聞くほど、その疑念は強まり、遂には、

（府中藩の姫は、薫《かおる》ではないのか）

と特定するに到った。

薫。またの名を、《傀儡《かいらい》》の薫。

桐野にとって特別の愛弟子《まなでし》にほかならない。

それは、一途に己の技のみを磨くことにも飽き、己の得た技を人に教えることが面白くなりはじめた頃のことである。

その者が生まれ持った資質を見出し、それを磨きに磨いて全く別のものに育てあげることに、この上ない歓びを感じるような一時期が、桐野にもあった。己の教えた者が、教えた以上の力を発揮し、己のもとから飛び立ってゆくのを見るのが、楽しみで仕方なかった。

それ故、才のありそうな者には積極的に指導を行った。

そんな時期に出会ったのが、薫である。

元々人買いに攫《さら》われた孤児で、名すらつけられてはいなかった。薫という名は桐野

が与えた。

はじめて会ったとき、彼女は栄養不足でガリガリに痩せた十一歳の少女に過ぎなかった。美麗にはほど遠い娘に、全く真逆な絢爛たる源氏物語に縁《ゆかり》の名が面白かろう、という程度の理由であった。

だが、とりたてて美貌というわけでもないのに、少女は何故か気になる顔立ちをしていた。

気になるのは、その瞳の力だとすぐに気づいた。恐れもせず、真っ直ぐ桐野を見返してくる瞳に、なにか底知れぬものを感じて興味が湧いた。

それまで、一人も女子《おなご》の弟子を持たなかったわけではないが、さほど期待はしていなかった。いざというとき感情に流され易い女子は、せいぜい好色漢相手の刺客くらいの役にしかたたぬと決めつけていた。

しかし、桐野を見返す薫の瞳の中に秋霜の厳しさを感じたとき、

(これは、磨けばとんでもない玉に化けるやもしれぬ)

と予感した。

それ故、真剣に向き合った。

まだ子供といっていい小娘相手に、あれほど真剣になったのは、あとにも先にもあ

れが最初で最後であった。

その結果、《傀儡》の薫、と呼ばれる桐野の最高傑作が誕生した。

武芸については、桐野が一から教えたのだから問題ない。問題は、桐野が見抜いた薫の資質である。

薫の資質は、何者にでも化けおおせる芝居気と度胸の良さであった。化けるというより、全く別の人格が憑依《ひょうい》する、といってもいい。

その気になれば、大名家の姫君でも、吉原の大夫《たゆう》でも、或いは鉄火場の大姐御《おおあねご》にでもなりきれる能力は、間諜の任務に就く者にとって得難いものであった。

それ故、最高の潜入要員に仕立てるべく、武技に学問、ひととおりの礼儀作法以外にも、歌舞音曲のような芸事まで仕込んだ。薫はなんでも易々と吸収した。

《傀儡》の名の由来は、その役になりきっているあいだは己を失い、まさに何者かに操られる傀儡そのものである、との意味だ。

実際、《傀儡》の薫は重宝された。

何者にでもなりきることのできる間諜など、稀有の存在だ。桐野の許《もと》を離れてからの薫は常に多忙であり、桐野自身はもっと多忙であった。

それ故、薫を一人前と認めてお庭番の総領の許へ戻してからこの六年ほどのあいだ、桐野は一度も薫の顔を見ていない。当然だ。桐野と薫の関係は、謂わば野生の獣の親子のようなもので、ときがきて子が独立すればその関係は自然に消滅する。

薫が、潜入先で相応の成果を上げているという噂を耳にするたび、桐野は密かに喜んだ。飽くまで、密かに、だ。

それが、親という生き物が我が子に向ける気持ちだなどとは夢にも思わなかった。夢にも思わぬままに、ただ偏《ひとえ》に薫の無事だけを願った。無意識のうちに、願わずにはいられなかった。

真に獣の親子であれば、そんな無用の情が湧くこともなかっただろう。この件に関してだけは、桐野も、己の中に残る人の情というものを、自ら認めぬわけにはいかなかった。

三

「桐野様は、姿を消した蓉姫が、《傀儡》の薫だとお考えですな？」

五平の問いには、答えなかった。

答えるまでもないことだからだ。桐野が薫を育てていた頃のことを、五平も多少は知っている。

「だが、薫が行方知れずになったという報せがあったのは、いまから一年以上も前のことだ」

「え？」

「蓉姫が府中藩の陣屋に迎えられたのは数年前……たぶん、二、三年前のことだろう。薫が行方不明となった時期と合わぬ。……もし蓉姫が薫だとするならば、府中の陣屋に来るまで、一体何処で何をしていたのか」

「薫が行方不明だったというのはまことでございますか？」

「そう聞いている。一年前、とある任務で西国某藩の国許に、御国御前の腰元として潜入中消息を絶った。……正体が露見し、始末されたのだろう、と噂された」

「まさか、あの薫に限って……」

「私もそう思いたい。だが、生きていれば、なんとしてでも江戸に立ち帰っている筈だ」

「…………」

「薫が蓉姫に扮していたのだとすれば、一体何処の誰がそのお膳立てをしたのか。小なりと雖《いえど》も府中藩は御三家の御家門だ。おいそれと潜り込めるものではない」

桐野が厳《おごそ》かに告げてから、またしばしのときが経った。

しばし後、

「薫は、蓉姫の影武者をしていたのではないでしょうか?」

自ら首を傾げつつ、五平は問うた。

「影武者?」

ほぼ無感情に桐野は問い返す。

「行方知れずの報せは一年前かもしれませぬが、実はもっと前から薫は行方知れずになっていたのやもしれませぬ」

「なんだと?」

「実はもっと前から行方知れずとなっていた薫は、何者かによって拉致され、蓉姫の影武者に仕立て上げられたのではないでしょうか」

さも得意気に五平が口にしたような可能性は、もとより桐野とて考えぬではなかった。

だが、敢えて考えぬように努めてきた。可能性の話をしはじめればきりがない。そんなことをすれば無数の仮説が生まれてしまい、それこそまともな判断ができなくなる。

だから、それからまたしばし後、現地の間諜によってもたらされた。

「蓉姫が姿を消した同じ山中に住みついている山賊一味の頭が近頃代替わりしたようなのですが、新しい頭は、どうやら女子らしゅうございます」

との報せも、眉一つ動かさずに桐野は聞いた。

「すわ！」

と色めきたつ五平を目顔で制しつつ、

「案内しろ」

ただ感情を殺して短く命じた。


山中の隠れ家で、万吉が作った茸《きのこ》の雑炊を食した後、猛烈な睡魔に襲われた。

（まさか……こやつがなにか盛ったのか？）

疑念を抱きつつも、そのまま眠りに堕ちた。純朴そうに見えても、所詮《しょせん》は山賊だ。ひととおりの悪事には手を染めている。一服盛ってまで己を殺そうという執念からは、逃れようもない。己が何処の誰かもわからぬ者の末路など、どうせそんなものだろう。

眠りに堕ちる際、彼女は完全に観念していた。

一刻か。或いは二刻か。

目が覚めたとき、己を取り巻く底知れぬ静寂に、先ず驚いた。

いつもなら、男どもの野卑な笑い声に包まれている筈だ。

なのに、笑い声どころか、咳《しわぶき》一つも聞こえない。

(なにか盛られたと思ったのは、思い過ごしか)

先ずその疑いをといた。

薬を盛られたのであれば、頭に重くて鈍い感覚が残っている筈だ。逆に、不思議なほどすっきりしていた。たんに、腹が満たされて眠くなっただけのことなのだろう。

山賊の仲間入りをして以来、矢張り気を張り詰めていて、なかなか無防備に熟睡するということはなかった。いつ命を落としてもかまわない、と思いつつも、体は正直だった。いつ牙を剝くかわからない熊の群れの中で安心して眠れるわけがない。

(それにしても、静かだ)

いつのまにか、炉の火が消えている。

どうやら、寒さで目が覚めたらしい。

(奴ら一体何処に行ったのだ?)

ゆっくりと起き上がるが、小屋の中にはどうやら彼女一人きりである。

(まさか、私に内緒で旅芸人を襲いに行ったのではないだろうな?……そのために、万吉に飯を作らせて、私を眠らせたのか？）

刀を手に立ち上がると、すぐさま小屋を飛び出したが、飛び出したところでつと足を止めた。

「…………」

目の前の光景に、絶句した。

外は既に暮れ落ちていたが、彼女は夜目がきく。

樹木の根元に、無惨な死骸が転がっていた。死骸の数は、全部で八つ――。

山賊たちのものにほかならない。

「お、お前たち……」

彼女はふらふらと死骸に近寄り、生きている者がいないか、一つ一つ、確かめた。

死骸は皆、首筋から肩口のあたりを一刀のもとに斬り捨てられていた。どの死骸にも苦悶の表情があまりないのは即死の故だろう。それは即ち、仕手の腕の凄さを物語っている。死骸の中には、当然万吉のものもあった。

「万吉、お前まで……」

思わず助け起こすが、その体は既に冷たく、鉛の如く重い。

「誰が、こんなことを……」

無意識に呟いた次の瞬間、

「私だ、薫」

闇の底から、低く答える声がした。

「え？」

足音のするほうへ視線をやれば、月明かりに仄《ほの》白く映る人影が見える。

（一人か？）

訝《いぶか》るまでもなく、その者の白い面《おもて》が明らかとなった。

黒革の袖無し羽織に同じく黒革の裁着袴という黒装束と裏腹、女と見紛う白い面は月光に映える。

（女？）

首を傾げるのと、

「誰だ？」

誰何《すいか》するのとが、ほぼ同じ瞬間のことだった。

だが、相手が名乗るのを待たず、

「いや、誰でもいい。何故こんな真似をした？」

激しい口調で、彼女は問うた。あまりにも激しすぎることに、どうやら本人は気づいていない。

「そやつらは山賊。成敗されて当然だ」

「違うッ！」

「なにが違う？」

「こやつらは、善良ではないにせよ、一方的に成敗されねばならぬほど極悪でもなかった。少なくとも、私がこやつらの頭となってからは、悪事を働いていない」

「そもそもお前はなんだ、薫？　何故こやつらの頭になどなった？」

「…………」

（薫？……私のことか？　この者は私を知っているのか？）

訝りつつ、彼女は数歩後退《あとずさ》った。本能的な恐怖心であった。

（だとしたら、何故急に、私を知る者が現れた？）

正直、混乱していた。

だが、それよりも、憤りのほうが遙かに勝った。

犬や猫でも、三日飼えば情が湧く。請われて渋々承諾した「お頭」役ではあったが、そう呼ばれ、ともにときを過ごすうちに、本気で彼らと向き合うようになっていた。

それ故にこそ、いつまでもゲスな根性が抜けず、女を慰みものにして売りとばすと嘯《うそぶ》く連中を、本気で叱責した。叱責すれば、理解できる連中であると信じたからだ。

そうでなければ、彼女が一刀のもとに斬り捨てていただろう。

(殺さずにすむのであれば、なにも殺すことはないではないか)

思うほどに、憤りが増した。

(こんな連中でも、同じ「命」ではないか! 虫けらのように殺されてよいわけがない!)

怒りに身を任せ、無意識に抜刀した。

月光に映える刀身に、殺気が漲《みなぎ》る。

「うあああああ～ッ」

構えると同時に、最大限の怒声が口をついた。

あとは刀を振り翳《かざ》し、一陣の風と化して相手に突進するだけだ。

四

(馬鹿だな、薫。教えたこと、全部忘れているではないか)

抜き身をこちらに見せつけながら無防備に駆けてくるその姿に向かって、桐野は内心激しく舌打ちをした。

実力の知れぬ相手に向かう際には刃を見せずに近づくのが常道だ。刃を交えるその瞬間まで、こちらの手筋は極力見せない。お庭番の使う暗殺剣は、武士同士の立ち合いとは訳が違うのだ。

（無茶苦茶だ）

白刃を大きく振り翳して突進してくる薫を見据え、桐野は絶望的な気分に陥った。

もとより、桐野に暗澹たる思いを抱かせている理由は、もう一つ――。

（私がわからぬのか、薫？）

桐野が瞬《また》き一つしたその一瞬――。

彼女の切っ尖が、桐野の眼前に殺到した。

ギュンッ、

間一髪で、刃を撥ねた。

そのとき、薫はさも意外そうに眉を顰《ひそ》めていたが、桐野にとっても、それは同様に衝撃だった。

但し、意味合いが全然違う。

薫が意外に思ったのは、己の必殺の一撃を易々と躱《かわ》された上、逆に急所を狙われたためだろう。須《すべから》く、己の技に絶対の自信を誇るが故である。

(腕は落ちていない。だが、驕《おご》りがある)

目に見えて気落ちする愛弟子を、桐野は冷ややかに見据えていた。

桐野にとって最大の衝撃は、

(薫は何故私がわからぬ?)

ということだった。

そのとき薫は、桐野を旧知の者とは全く認めず、視線の中にとらえてもいなかった。

ただ、一人の敵を見る目で桐野に相対し、それ故にこそ、本気で急所を突きに来た。

(どういうことだ?)

怒りで見境がつかなくなっているということもあろうが、その怒りの理由も、桐野にはよくわからない。

「よくも、あやつらを……」

懲りずに突いてくる切っ尖を、余裕を持って桐野は躱し、

「笑止ッ!」

反転しざま、逆に己の切っ尖を相手の喉元に突き付ける。

「う……」

が、立ち尽くしたのは一瞬のことで、すぐに身を退くと、桐野の刃を刀身で跳ねあげた。

(動きは悪くない)

桐野は内心ニヤリとする。

終わらせようと思えば、さっさと終わらせることもできるが、少しは楽しみたい。

なにしろ薫とは六年ぶりだ。

ガッ、

ザシュ、

ぎゅんッ……

敢えて何合か刃を合わせてみた。

相手は本気で斬りつけてくるが、もとより桐野は力を抜いている。薫の太刀筋ならば、既に読み切ったが、のらりくらりと刃を交えるうち、新たにわかったこともある。

実戦に勝る訓練はないというが、桐野が教えていた頃に比べて、薫は格段に腕を上げてはいるようだ。それは認めるが、それでも桐野には遠く及ばない。

がッ、

ガッ、
刀の鍔《つば》近くを狙って続けざまに打ち込むと、顔の近くを刃が掠《かす》めることを嫌い、薫は思わず後退った。

そういう癖はなかなか直らぬものらしい。

（しかし、何故私がわからぬ？　行方不明になっているあいだになにがあった？）

桐野は訝ったが、考えたところでわかるものではない。

一方、薫は薫で、依然として己が誰かもわからぬままに、

（こいつは一体何者なんだ？　何故こんなに強いんだ？……それに、私のことを知っているのか？）

という疑いで、混乱の極みにある。

それならば、一旦刀を納めて相手に問うてみるべきなのに、それができないのは、恐れ故に相違ない。即ち、己が何者なのかを知ることへの恐れ、である。

「気が済んだか、薫？」

「………」

だが、その瞬間は唐突に訪れた。

桐野の動きが一瞬止まったかのように見えて無意識に油断したのだろう。

（たいしたことはない）

思った次の瞬間のことだった。

大きく一歩踏み出したところで、後頭部と首裏に鋭い痛みを感じて気を失った。桐野の手刀に打たれたことすら、気づいてはいなかった。

五

つと、目が覚めた。

（ここは何処だ？）

頭を上げて見まわすと、そこは、明るく小綺麗な座敷であった。床の間には、古びた山水の掛け軸も掛かっているが、もとより見覚えはない。

「目が覚めたか、薫？」

頭上からの声音に、無意識に体が反応する。即ち、布団を跳ねあげ、半身を起こした。

「誰だ？」

「私がわからぬのか？」

声は頭上から聞こえてくるが、姿は見せてくれない。

その声に聞き覚えがあるかと問われれば、あるようなないような、としか答えられない。薫と呼ばれても、それが己の名であるという実感も全く湧かなかった。

「教えてくれ」

迷いも恥も捨て、真っ直ぐに請うた。

「私は何処の誰なのだ?」

「わからぬのか?」

「わからない」

「いつから、わからぬ?」

「いつから?」

薫は無意識に首を傾げた。

(いつから?)

「では、山賊の頭になる以前は何処でなにをしておった? まさか、生まれながらの山賊ではあるまい」

すると、薫の思考を助けるかのように声が問う。

「………」

「姫だ」

　躊躇うことなく薫は答える。

「しかとはわからぬが、気がついたときには大名家の姫君のようななりをしていた。まわりの者たちは皆、私を『姫』と呼んだ。人がそう呼ぶので、私は姫なのだと思い込んだ。だが、多分私は姫などではない」

「何故そう思う？」

「大名家の姫君が、脇差しを振りまわして刺客を撃退できる筈がない」

「刺客に襲われたのか？」

「供の者らは皆殺された。私一人が生き残り、山中をさ迷っていたとき、山賊に出会《でくわ》した」

「それで、奴らの頭になったのか？」

「奴らの頭を殺したら、代わりに頭になってくれ、と乞われた。無論断ったが、更に乞われているうちに、気が変わった」

「何故変わった？」

「奴らを突き放して、暴走されては、と思ったのだ。暴走して、誰彼かまわず襲うかもしれない。だから私が頭となって厳しく戒めようとした」

「あんなちょろい奴ら、暴走したところでどうということもあるまい」

「ならば何故、そのちょろい奴らを手にかけた⁉」

　薫は不意に顔色を変え、怒声を放つ。

「あの連中に、生かしておく値打ちがあるとでも？」

　だが、声はあくまで冷ややかだった。

「お前が如何に戒めようと、一度悪に手を染めた者は必ずまた同じ事をする。一見改心したかに見えても、なにか切っ掛け一つあれば、元の木阿弥《もくあみ》だ」

「そ、そんなこと、何故言い切れる！」

　言い返しながらも、薫の語調はどこか曖昧だった。最前のように手放しで激昂できないのは、冷ややかな声が言い放つ言葉に一縷《いちる》の真実が感じとれたからに相違ない。

「存外正直だな。最前の元気がなくなったようだ」

　と揶揄するように言われながらも言い返せぬ薫の脳裡には、旅芸人の一座を襲い、女芸人を攫って慰みものにした上で、飽きたら売りとばそうと言ったときの、寒気がするほど下卑た男の顔が過《よぎ》っていた。

　あのときは厳しく叱りつけて止めたものの、今後なにか悪事を思いついたときには、彼女に隠れてこっそり実行するくらいの知恵はあるだろう。

（そのときは、最早私にも止められぬ）

苦い思いを噛みしめたところへ、

「ところで、薫——」

己のものとも思えぬその名を呼ばれ、つと我に返る。

「その…薫というのは、私のことか？」

「それもわからぬのか？」

「わからない」

「では、『姫』と呼ばれる以前は？」

「わからない」

「大名家の姫なら、刺客《しかく》を撃退したりできる筈がないとお前は言ったが、それだけの理由で、お前が大名家の姫ではないと言い切れるのか？」

「…………」

「府中藩の蓉姫は、伊賀の里で育ったとの噂もある武芸自慢だぞ」

「蓉姫がどのような人物かは知らぬが、私が大名家の姫君である筈がない。己の名すらわからぬ私だが、それだけはわかる」

やけに自信満々の口調できっぱりと述べる薫を、飽くまで冷ややかに桐野は見据えている。

(己が誰かもわからぬくせに、それだけはわかるのか?)

考え込むとともに、桐野の言葉もそこで止む。薫の記憶は、行方不明となった一年前から失われているのか。それとも、蓉姫となった直後からか。

はたして薫の身になにが起こったのか。

それは桐野にも、到底知り得ない。

「おい」

沈黙が続けば、今度は薫が不安になる。

「何故、黙る?」

不安になり、つい自ら口を開く。

「なんだ?」

「私を、どうするつもりだ?」

「どうもしない」

「え?」

「お前が己のことを思い出すまで、ここにいてもらうだけのことだ」

「何故?」

薫は怪訝な顔をした。

思い出すまでここにいる、とは即ち、監禁にほかならないが、それを聞かされても、不思議と腹が立たない。

「お前は危険だ。己が何処の誰かもわからぬのにふらふら出歩かれて、又候《またぞろ》山賊の頭などになられては困る」

「別に、好きで頭になったわけじゃない！」

ついむきになって言い返してから、薫は改めて己の周囲を見回した。

小綺麗な座敷の中ほどに床がのべられており、布団も清潔そうなものだった。薫が身につけているのも、真新しい匂いのする白絹の寝間着である。枕元には、握り飯と白湯《さゆ》の載った膳が置かれていた。

いつ目覚めても食べられるよう、用意されていたのだろう。

「気が向いたら、食べろ」

薫の心中を読み取ったかのように、桐野は言った。

「何故だ？」

薫は再度訊ねた。

「なにも食べずにいたら、餓死するだろう」

「そうではなくて、私のことを知っているなら、何故教えてくれない？　教えてくれたら、それですむことだ。……私は一体何処の誰なんだ？」

「それでは意味がない」

「え？」

「お前が何故己のことを忘れてしまったのか、理由はわからぬ。だが、人から教えられて思い出せるものでもないだろう。自力で思い出さねば意味がない」

「そんなの、わからぬ。聞けば思い出すかもしれぬだろう」

「だがお前は、薫という名を聞いても、なにも思い出さぬのであろう？」

「………」

薫は容易く言葉に詰まった。

桐野の言うとおりであった。思い出せるものなら、己の名を聞いてなにか思い出せる筈である。

「そこでじっくりと己を見つめ直し、ときをかけて思い出すがよい」

「お、おい」

薫は慌てて桐野を呼んだ。

「待ってくれ」

「なんだ？」

「お前のことは、なんと呼べばよい？」

「そうだな」

桐野は少し考えてから、

「『師匠』とでも呼ぶがいい」

僅かに笑いを含んだ声音で言った。虚構の中に、多少の真実を差し挟んでおくのも悪くはない。

「師匠？　お前は私の師匠なのか？」

案の定、薫は混乱を来《きた》したらしく、強い語調で問うてきた。

「思い出したか？」

「…………」

だが、薫は無言で首を振った。

それを見て、桐野は密やかな嘆息を漏らしたが、不思議と、さほど落胆してはいなかった。落胆するのは、相手になにかを期待するが故だ。桐野は既に、誰にも、なにも期待せぬ境地に到って久しい。

「そんなものだ。なにを聞かされたところで、己の腹から出たものでなければ人は実感できぬ」

それを最後に、桐野の声は消えた。

その気配が完全に消えたことを覚ったため、薫もうそれ以上言葉を発しようとはしなかった。

「桐野様」

足下に控える五平以下現地の間諜たちを、桐野は束の間熟視した。

「己が何処の誰かわからぬというのは心の病だ。しっかり世話してやってくれ」

「はい」

間諜たちは揃って頭を下げる。

「薫が、ここから逃げ出そうとしたときは、どういたしましょう?」

行き過ぎようとする桐野の背に、五平が問うた。

「…………」

「薫が本気で逃れようといたしましたならば、我らでは到底手に負えませぬ」

「そのときは、好きにさせろ。但し、見失わぬようあとを追い、逐次私に報せよ」

「はい」

「だが、薫はおそらく自ら逃げ出しはすまい」

「何故でございます？」

「考えてもみよ。己が何者かわからぬ状態で、己を知る者の手中にあり、特段危害を加えられるおそれもないとすれば、そこにいて、どうにか、己のことを聞き出そうとする筈だ。少なくとも、もし私が同じ立場であれば、そうする。無闇と動きまわったところで、なんの得もない」

「危害を加えられぬ、ということが、何故わかります？」

「己が何者かはわからずとも、薫の本能は失われていない」

「本能？」

「己を害する殺気に出会せば、即ち体が反応する。それが、本能というものだ。如何に記憶が失われようと、その者の生まれもった本能が失われることはない」

「では、薫の本能とは？」

何気なく五平は問うたが、桐野はそのとき名状しがたい憂いを含んだ目で虚空を見据えた。

「薫の本能か」

しばし虚空を見つめて考え込んだ後、

「《傀儡》だ」

一旦足を止めて桐野は言い、それからゆっくりと、五平らを振り向いた。

「ここから逃げようとさえしなければ、極力自由にさせておけ。屋敷の中を見せてやってもよい。何か聞かれれば、答えられる限り答えてやれ」

間諜たち一人一人の顔を見ながら告げ、言い終えるとまた踵《きびす》を返して桐野は去った。

踵を返すとともに虚空へ跳躍し、闇に消えるその背を、呼び止める者は最早誰一人いなかった。

第四章　御年寄の行方

一

「これではきりがありませぬ、松波様」

さしもの大奥別式女一番組頭の《葵》こと、千鶴も、弱音を吐いた。

「きりがないのう」

三郎兵衛も同意した。

同意する片手間にも、
ばざッ、
大刀を振り下ろす。振り下ろした先に敵の体があり、一刀両断である。

「やッ！」

短い気合いとともに、千鶴も鋭く刀を繰り出す。

無駄な動きを極力廃してきたため、さほど体は疲労していない。まだまだ余裕で戦えるが、戦えど戦えど敵の数が一向減らぬことには閉口した。

減るどころか、寧《むし》ろじわじわと増えているかもしれない。まさしく、虫の死屍に蟻《あり》の群がるが如くに——。

(きりがない)

口には出さずにもう一度思い、三郎兵衛は更にもう一人を斬った。斬られた男は声もたてずに頽《くずお》れてゆく。

「酉《とり》の市も近いし、今日は浅草に行こう」

しばらく遊んでいようと宣言したとおり、三郎兵衛は千鶴を連れ、連日市中を散策している。

しかし、元々遊興には縁のない別式女の千鶴は、派手な場所をあまり好まない。終日桟敷席で芝居見物を楽しむようなお大尽の遊びよりは、縁日の寺社に詣でて茶店で甘いものを食べたり、美味《うま》いと評判の蕎麦屋《そばや》で昼酒を飲んだりする庶民の楽しみを歓んだ。

「《葵》は蕎麦が好きか?」

「城中にてはあまり口にできませぬ故——」

食べ物の好みを訊かれると、千鶴は珍しくはにかんだ顔をした。武家の者は食べ物の好き嫌いを言ってはならぬ、という教育が浸透しているが故のことだろう。そんな慎ましさに、三郎兵衛は益々好感をもつ。

「寺社詣でも悪くないのう」

浅草の観音様にお参りした後、折角だからと他の寺院もお参りすることにした。

この界隈には、由緒のある古刹が多い。

「この海禅寺《かいぜんじ》は、振袖火事の後、いまの場所に移されたのでございましょう」

「ああ、以前は神田明神《かんだみようじん》の北のほうにあったらしいな。……さすがに儂は知らぬぞ」

「たとえご存知であっても、おかしくはございませぬ」

賢明に笑いを堪えながらも、震える声音で千鶴は言い、三郎兵衛は閉口した。思った以上の、笑い上戸《じようご》であった。

「儂を八十過ぎの老爺だとでも？」

「八十過ぎでそのお姿であれば、奇跡でございます」

と笑いを堪えつつ言ってから、千鶴は真顔に戻って寺の彼方此方《あちこち》に視線を巡らせた。

「大名や旗本家の檀家が多いだけに、山門もご本堂も立派でございますね」

「まあ、お布施には不自由していまいからのう」

三郎兵衛も仕方なく話を合わせた。

どうやら千鶴は古刹巡りが好きなようだった。

「これだけお参りいたしましたら、多少はご利益もありましょうか」

「さあ、どうかのう。沢山《たくさん》詣でればよいというものでもあるまいが」

苦笑しつつも、三郎兵衛は満更でもなかった。

およそ神仏には縁のない暮らしをしてきた三郎兵衛ではあるが、全く興味がないわけではない。寧ろ、古稀を過ぎ、冥土への道も近づいたいま、存外悪くない愉しみではないか。

なにより、嬉々として古刹を愉しむ女の横顔を見ているのが楽しい。

「ここはまた、古そうなお寺でございますね」

「扁額の文字も殆ど読めぬな」

慶長《けいちょう》年間に建てられた曹洞宗《そうとうしゅう》の寺だということだけはかろうじてわかるが、どうやら荒れ寺の様相を呈している。

おそらく、神君家康公の江戸入りと前後して建てられたかと思われる、枯れ朽ちた山門の前を通りがかったとき、扉のうちから飛び出してくる一団があった。

皆、必死の形相で飛び出すや、ドタバタと石段を駆け降りてくる。その数、ざっと二十人あまり。

てっきり、お馴染みの黒装束かと思ったら、予想に反して烏合《うごう》の衆である。浪人風《ふう》体《てい》の者が殆どだが、博徒・渡世人風の者、町場の破落戸《ごろつき》のような者もいた。

それらの一団が、それぞれ得物を手に猛然と石段を駆け降り、三郎兵衛と千鶴に殺到する。

(すわ！)

緊張感が張《みなぎ》ったのも、ほんの一瞬のことだった。

それぞれに最初の一人を相手にした際、

(素人《しろうと》ではないか)

と覚ったのだ。

二人目も三人目も、同様に素人であった。大刀を大上段に振り翳《かざ》して突進してくるものの、刀をいつ振り下ろせばよいのかもわからぬようで、

「でやあ～ッ」

気合いの声ばかりが馬鹿でかい。

命まで奪うほどの敵ではなかった。

はじめのうちは、相手の腕のお粗末さに、茫然としながらも、二人は余裕を持って彼らに棟打《むねう》ちをくれた。

しかし、腕はお粗末であっても、敵の数は多く、ほぼ間髪容《かんはつい》れずに攻撃してくる。それぞれ七、八人を倒したところで、いやな予感に襲われた。石段を駆け降りてくる人数が、或いは永久に減ることがないのではないか、という予感である。

(馬鹿な……)

くだらぬ妄想を振り払いながらも、現実に、石段を降りてくる人数は一向に減らない。

もうかれこれ半刻あまりも乱刃が続いていた。

尽《ことごと》く棟打ちを使うものの、それはそれで精神が疲弊する。

「松波様」

「なんだ?」

「ここは一旦《ひ》退くのが賢明ではございますまいか?」

「何処へ退く?」

「とりあえず、この山門の前から去ってみてはいかがでしょう?」

「退こう」

三郎兵衛は瞬時に身を翻《ひるがえ》した。

通常、乱刃の中で敵に背を向けるなどあり得ないが、背を向けても大事ない敵であれば問題はない。

三郎兵衛と千鶴は、速やかに山門の前を去った。立ち去る二人を、敵は案の定追撃してはこなかった。

「なんだったんだ、あれは」

「この数日、なんの探索もしていないというのに、刺客《しかく》をさし向けられました」

「或いは、探索をしているように見えたのかもしれぬな」

「だとしても、あんな弱い奴らを送り込む意味があったのでしょうか？」

ゆるゆると歩みながら、三郎兵衛と千鶴は考察した。

「弱い奴らではあったが、ああも大人数を繰り出されると、判断を誤る。或いはそれが敵の狙いだったのかもしれぬ」

「うっかり斬り捨ててしまっていたら、後味の悪いことになっておりました」

「まったくだ」

「とはいえ――」

千鶴は言いかけ、だが思いついたことをそのまま述べれば即ち失言につながると気づいてすぐに言葉を止めた。

「どうした、《葵》?」

「い、いえ、なんでもありませぬ」

気まずげに口ごもる千鶴を見れば、三郎兵衛とて、察するものがある。

「如何に金目当てとはいえ、何故あの者らが儂らに挑んできたか、不思議なのであろう?」

「………」

「知れたこと。たかが女子と老い耄《ぼ》れを片づけるだけの楽な仕事とでも吹き込まれたのであろうよ」

事も無げに三郎兵衛は言い、千鶴はさも意外そうに眉を吊り上げて彼を見返した。

「許せませぬ」

「なにがだ?」

「私は兎《と》も角《かく》、松波様を侮《あなど》るなど、言語道断でございます」

「そうむきになるな、《葵》」

千鶴の剣幕に内心閉口しつつも、三郎兵衛は宥《なだ》める。

「侮られたところで、儂は痛くも痒くもないわ」

「なれど……」

「そうしてそなたが腹を立てることも、或いは敵の想定内かもしれぬぞ」

少しく揶揄《やゆ》する口調で言うと、千鶴は流石《さすが》に目を伏せて口を噤《つぐ》んだ。

だが、すぐまた三郎兵衛を真っ直ぐ見返すと、

「あやつらの黒幕を暴き、八つ裂きにしとう存じます」

焔の燃え盛るが如き目をして告げた。

(なんと、情の強《こわ》い)

目の覚めるような思いで、三郎兵衛は千鶴を見た。

明朗快活で、ときにはしたないほど多弁な女に、斯様《かよう》な激しい一面があるとは、夢にも思わなかった。意外ではあったが、いやではなかった。寧ろ、己のために本気で激昂してくれる女を好もしく思わぬわけがなかった。

山門の扁額には、辛うじて《神松寺《しんしょうじ》》との文字が読み取れた。

これまた絵に描いたような荒れ寺である。

だが、その荒れ寺の山門を通りかかったとき、再びの悪夢が三郎兵衛と千鶴を襲った。

即ち、山門の中から、刺客が出現したのだ。

刺客の数は凡そ二、三十。

最前と同じく、浪人と破落戸による混成部隊だ。それぞれ抜き身の刃を手にしているが、全くさまになっていない。どうやら、生まれてはじめて刃物を手にした者も少なくないようだ。

「どういたしましょう？」

千鶴は小声で三郎兵衛に耳打ちする。

「どうもこうもない」

三郎兵衛は極めて冷静であった。

そこで千鶴は忖度《そんたく》する。

「殺しまするか？」

「殺せ」

「え？」

「できる限り無惨な遣り方で、殺せ」

という三郎兵衛の言葉の意図を、千鶴は瞬時に覚った。

「承《うけたまわ》りました」

答えるとともにやや腰を沈めて大刀の鯉口《こいぐち》を三寸寛《くつろ》げる。間合いもなにもはかっていなかったが、最初の一人は躊躇《ためら》うことなく突っ込んできた。

「おぇあああーッ」

大袈裟過ぎる気合いとともに、大上段に振り翳してくる男の頸動脈を、

ざくッ、

と深く、千鶴は抉った。

ズジャーッ、

激しく血の飛沫《しぶ》く音とともに、そいつの体はユラリと頽れた。だが倒れはせず、膝立ちの状態でその場にピタリと止まった。千鶴が刀をひかず、首の根あたりを切っ尖で貫き続けたのだ。

そのため、男の体からは、体中の血が噴出したのではないかというほど夥《おびただ》しい量の血飛沫が迸《ほとばし》り、大半は背後にいる者たちにかかった。

体内の血がすっかり迸るのを見届けてから、千鶴は漸《よう》やく刀をひいた。

ガクリ、

と首を落としながら、男の死体は石段の上に力無く横たわる。

自らの血で全身を染めた男の死に顔は凄愴としか言えぬものだった。

千鶴が見事な斬撃の死骸を作り出すのとときを同じくして、三郎兵衛もまた、荒々しい仕手で一人目を斬り捨てている。

千鶴がやったのと同様夥しく血が飛沫き、その生々しい血の香は、明らかにあとに続く者たちの足を竦《すく》ませた。

「どうだ、うぬらも同じ姿になるか？」

凄味のある声音で三郎兵衛から問われると、後続の刺客たちはその場で一様に足を止め、逡巡する。

三郎兵衛が最前看破したとおり、女と老人を相手にする楽な仕事と言い聞かされて雇われたのだろう。山門を飛び出したときの勢いは既になく、仲間の返り血を浴びて満面を朱に染めた者以外は、見る見る顔が青ざめる。

「いくらで雇われたかは知らぬが、端金《はしたがね》で命を落とすとすれば割に合わぬな」

言いざま三郎兵衛は大刀の鍔《つば》をガチャリと鳴らしながら、手元で握り直す。

「ひっ……」

目の前の一人が震えあがったのを見て、千鶴も刀を持ち替え、別の一人の鼻先へと突き付ける。

「ひゃあーッ」

そいつはその場にペタリと尻餅をついた。

「どういたしましょう、松波様？」

「なにがだ」

「もう二、三人、殺しまするか？」

「いや、二、三人と言わず、全員殺そう」

「よいのでございますか？」

「こやつらは雑魚《ざこ》だ。生かしておいても、利用価値はない」

「わかりました」

千鶴は物わかりがいい。

「皆殺しにいたします」

真顔で言うと、大刀をきき手に持ち替え、あいたほうの手で脇差しも抜いた。

「お、二刀流か」

「こうすれば、効率よく殺せます」

言いざま一歩踏み出すと、大刀で少し後ろの男を突くと同時に、脇差しで手前の男に斬りつける。

「うわぁッ」

切っ尖を逃れようと大きく仰け反った男は背後に倒れて後続の者を巻き込み、大刀で突かれた男は、

「痛ーッ」

その苦痛を大声で訴えた。

明らかな、悲鳴であった。

大の男の情けない悲鳴は、恐怖と苦痛を如実に物語る。最早《もはや》限界であった。

「た、たかが五百文程度の報酬で、命までとられてたまるか！」

「お、おう！　とられてたまるかッ」

「お、俺は逃げるぞ！」

「俺も逃げる」

「逃げろ〜ッ」

口々に言い合うが早いか、刺客どもは、あろうことか三郎兵衛と千鶴の脇を平然とすり抜けて石段を駆け降り、忽《たちま》ち逃走する。

「うわあああ〜ッ」

「助けてくれぇ〜ッ」

前列の五、六人が逃げれば、あとは数珠繋《じゅずつな》ぎに続いて行くだけだ。

千鶴に突かれて傷ついた男も含めて、山門から飛び出してきた浪人者と破落戸たちは、一途に石段を駆け降りると、てんでに逃げ散った。

「逃げましたね」

「逃げたな」

三郎兵衛と千鶴は顔を見合わせて短く呟いた。

「なかなか逃げないので、本当にもう一人二人殺さねばならぬのか、とヒヤヒヤいたしました」

「確かに、いやに粘りおったのう。そなたの斬撃を見て、忽ち逃げ出すかと思ったのだがのう」

「足が竦んで動けなかったのでしょう」

「かもしれぬ」

「しかも、報酬は五百文でございますよ。馬鹿げております」

千鶴がすかさず指摘すると、

「ああ、五百文だと、大工や左官のほぼ一日分の手間賃じゃのう」

三郎兵衛も深く肯いた。

「そんな金額で、よくも雇われたものでございます」

「痩せ浪人だからのう。余程金に困っていたのであろう」

「だとしても、五百文で殺しを請け負うとは、正気の沙汰とは思えませぬ」

「正気ではないのだ」

「金欲しさで殺しを請け負うような者は、そもそも正気ではない。故に、同情する必要もない」

三郎兵衛は冷ややかに言い放った。

「同情する気はありませぬが――」

「なんだ？」

言い淀む千鶴に、三郎兵衛は問い返す。

「………」

「なにを憚《はばか》っておる。そなたらしくもない」

「信じていただけるか、自信がないのですが」

ふと目を伏せて千鶴は言った。

俄《にわか》に顔が曇ったように見えるのは、どうやら三郎兵衛の思い過ごしではないらしい。

「………」

「だから、儂はなにを信じればよいのだ？　言わねば、なにも信じられぬぞ」

「松山様が、おられました」

遂に思い決して、千鶴は言った。

「なに？」

「最前、刺客どもが飛び出してまいりました山門の奥に、御高祖頭巾《おこそずきん》をした武家の女が立っておりました。大奥から姿を消した御年寄の松山様に相違ございませぬ」

「それはまことか？」

「一瞬は目を疑いました。頭巾で顔を隠しておりましたし……なれど、あれは確かに松山様でございました」

「確かか？」

「はい」

「ならば、何故早く言わぬ。確かめればよい話ではないか」

「え？」

三郎兵衛の語気に千鶴はたじろぐ。

「いや、一刻も早く、確かめるべきであろう」

言うなり三郎兵衛は千鶴の手をとると、自ら先に立って石段を上りはじめる。

「な、なれど、松波様」

「なんだ？」

「山門の中にいるのが松山様だとして、私は一体どうすればよいのでしょうか？」

「どうすればよい、とはどういう意味だ？　そなた、なにを逡巡しておる？」

「総取締役様から仰せつかったのは、松山様を捜せ、という命でございました」

「総取締役の意図が、捜して連れ戻す、ということなのか、或いは捜して始末せよ、ということなのかで、悩んでおるのか」

三郎兵衛の意のまま手を引かれながも、千鶴はしばし言葉を躊躇った。

「そなたほどの者が、そんなこともわからぬのか？」

「あの山門の中にいるのがもし本当に松山様だとすれば、浪人どもを雇って松波様と私を狙った張本人だと考えるのが妥当でございます」

「当然そういうことになるだろう」

「だとするならば、連れ戻すことなど、到底不可能でございます。始末するしかありませぬ」

「すればよい」

どこまでも冷ややかに三郎兵衛は言い放った。

「それがそなたの務めであろう」

「わかっております」

振り払うような言い方をしてから、千鶴はまたしばし口を閉ざし、

「ですが、わけがわかりませぬ」

再び開いたときには困惑口調になっている。

「松山様が何故大奥を出たのか。何故刺客を雇って私たちを襲わせるのか。さっぱりわけがわかりませぬ。わからぬままに始末して、よいものでしょうか？」

「わからぬのであれば、本人に訊くしかあるまい」

言いざま三郎兵衛は最後の段まで上りきると、千鶴の手を強く引いたまま山門の中へと入る。だがそこに、千鶴の言う御高祖頭巾の女の姿はなかった。

念のため、荒れ果てた本堂や宿坊まで捜してみたが、人っ子一人見当たらなかった。

「そなたがぐずぐずしておるから、逃げられたぞ」

「申し訳ございませぬ」

千鶴は目に見えて落ち込んでいる。

そのさまを見るだけで、三郎兵衛の心も相応に痛んだが、労《いたわ》るような言葉はあえてかけなかった。己の失策を充分自覚しているとき、見え透いた慰めの言葉をかけられ

ることこそが、最も辛い。

三郎兵衛にはそれがよくわかっていたのだ。

二

「桐野が江戸におらぬだと？」

三郎兵衛の表情は忽ち険しいものとなった。

「こんなときに江戸を離れて、一体何処に行っておるというのだ？」

問うているうちに、沸々と怒りが沸いてきたのだろう。

「しかも、儂に内緒で‼」

遂に、渾身の怒りを露わにした。

「どういうつもりだ？」

「どういうつもりかって、言われましても……」

堂神は困惑するしかない。

三郎兵衛が桐野を呼んだときの言い訳係として松波邸の警護を請け負ったが、元々言葉はそれほど巧みなほうではない。上手《うま》い言い訳など思いつくわけもなかったし、激昂した老人の相手も苦手だ。

（いや、この殿様は、見た目はそんなに年寄りくさくねえんだけどな）

と思う一方で、

（どっちかっていやあ、こんなの、仁王丸の野郎の仕事だろ。奴なら、人一倍悪知恵が働くんだからよう）

と不満にも思うものの、桐野が仁王丸ではなく堂神に松波邸の警護と若様のお守《も》りを命じたのは信頼の証《あかし》なので悪い気はしない。

かつて公儀お庭番をやめて抜け忍した堂神は、いまは桐野の私的な配下ではあるが、ときに公的なことに関しても平然と手を貸す。桐野とのあいだに恩義や情誼は存在しても、利害はない。元々敵であった伊賀の仁王丸までが桐野の軍門に下ったいま、一切の禁忌も存在しない。

「薫が見つかった……かもしれぬ」

と難しい顔の桐野から告げられたとき、一緒になって喜べるほど、堂神は《傀儡》の薫という桐野の愛弟子のことを知らなかった。せいぜい、その名を小耳に挟んだことがある程度だ。

ただ、

「一年以上も、行方知れずだったのだ」

苦渋に満ちた桐野の横顔から、その存在の重さを窺い知ることはできた。

「常陸に行ってくる。すぐに見つけられれば、一両日中には戻る」

「すぐに見つからなかったら？」

「それでも、極力一両日中に戻るようにする。そのあいだ、お屋敷の警護を頼む」

「承知仕《つかまつ》りました」

堂神は行儀良く跪《ひざまず》いて拝命した。

「御前《ごぜん》に呼ばれたときは、上手く言い繕《つくろ》っておけ」

との言いつけについては、殆《ほとん》どなにも考えていなかった。仮に呼ばれたとしても、ここまでひどく激昂されようとは夢にも思っていなかったのだ。

堂神の見るところ、松波三郎兵衛は極めて冷静沈着な男であった。見た目も古稀の老爺には見えないし、老人だと思ったことは一度もない。

だが、この日の三郎兵衛は常と違っていた。

「桐野ーッ」

日頃はさほど口にすることのない名を、声高に呼んだ。いつもなら、わざわざ名を口にせずとも、桐野は来る。気がつけば、いつしか三郎兵衛の足下に跪いている。それが、三郎兵衛にとっての日常だった。

名を呼んでも来ないなど言語道断だが、別の者が来るのもまた問題だ。

「殿様」

「なんで、お前が！」

堂神の顔を見ると、三郎兵衛は先ずそのことに仰天した。そういえばつい先日も、桐野の配下だという若僧が来た。あれは屋敷の外であったからまだ許せたが、屋敷の中にこの得体の知れぬ男が控えているなど、到底許せるものではない。

「師匠に言われて……」

さも億劫そうに堂神は答えた。

「師匠…桐野に言われて？　では、桐野は何処だ」

「何処って言われても……」

「何処に行ったのだ？」

「何処かはわかりませんが、多分、江戸にはいないでしょうね」

堂神は空惚《そらとぼ》けた。

行く先さえ隠しておけば問題ないと軽く考えたのだが、

「なんだと！」

三郎兵衛の怒りが湧き起こったのはそこからだ。

「こんなときに江戸を離れて、一体何処へ行っておる？」

三郎兵衛の怒りの源が、

「儂には内緒で」

にあることは、最早明白であった。

その怒りを鎮めるためには、真実を告げるしかないだろう。

「わ、わかりましたよ。言います。言いますよ、殿様」

堂神は即座に降参した。

「言いますから、そんなに怒らないでくださいよ」

「言え」

さすがに大人げないと自覚したのか、三郎兵衛は声を落として短く促す。

「師匠の、唯一無二の愛弟子が見つかったんですよ」

「なに？」

「師匠が、心血を注いで育てた弟子がいるんですけど、そいつが一年くらい前から行方知れずになってて、師匠はずっと心を痛めてたんですよ」

「…………」

「その弟子が、どうやら見つかったようで、師匠は迎えに行きました」

「桐野が？……己の役目を疎《おろそ》かにしてまでも弟子を迎えに行ったただと？」

三郎兵衛の顔つきは再び険しさを帯びてゆく。

「別格なんですよ」

「別格？」

「師匠の中ではね。……多分、俺なんか、弟子ですらないんだ」

話しているうちに自分でも情けなくなってきたのか、すっかり不貞腐《ふてくさ》れた、拗《す》ねたような口調で堂神は答えた。相手が三郎兵衛であることさえ途中から忘れている。

「当然だ。桐野とお前の武術は全く違うではないか。弟子の筈がない」

情け容赦のない三郎兵衛の言葉が追い討ちをかけてきた。

「何故お前が桐野を師匠と呼ぶのか、不思議でならぬわ」

「武術は違っても、師匠に変わりないんだよ。……お庭番の心得とか、いろいろ教わったんだから」

「お庭番の心得を、桐野から教わったのか？」

「ああ」

「だとしたら、お前は矢張り間違っている。桐野はお前の師匠ではなく、上役だ」

「………」

「違うのか？」

いまにも泣きそうな顔で縋《すが》るように三郎兵衛を見返す堂神に、三郎兵衛が冷ややかに問い返したとき、

「松波様？」

襖の外から、声をかけてくる者がある。

「よろしゅうございますか？」

千鶴であった。

「なんだ、こんな時刻に――」

「こんな時刻だからこそでございます。何事でございますか？」

「え？」

「お部屋から、徒《ただ》ならぬ声と物音が聞こえてまいりましたので――」

「な、なんでもない」

三郎兵衛は慌てて言い返したが、遅かった。

「失礼いたします」

千鶴は襖を開けて三郎兵衛の居間に入ってくると、そこに堂神の姿を発見するなり、

「おのれ、曲者《くせもの》ッ！」

ひと声叫んで即座に駆け寄った。

「待て、《葵》ッ」

躊躇いなく殴りかかろうとする千鶴を、三郎兵衛は慌てて羽交い締めする。

「早まるな！　こやつは曲者ではない」

「斯様に胡乱《うろん》な者、どう見ても、曲者でございます！」

「無礼な女だな」

堂神はさすがに憮然とする。

「静まれ、《葵》。まこと、曲者ではないのだ」

「では何者でございます？」

「お庭番だ」

「お庭番？」

千鶴は一応静まったものの、当然疑問は湧き起こる。

「この者が、でございますか？」

「正確には、この者の上役がお庭番で、こやつはその手の者だ」

「お庭番ではないのですか？」

「お庭番ではないが、その手先だ。気心も知れている故、なにも案じることはない。そうでなければ、この時刻に、儂が部屋に招じ入れるわけがあるまい」

三郎兵衛の言葉に、千鶴は漸く我に返った。

「気心が知れているのでございますね」

「まあ……な」

三郎兵衛は曖昧に肯いた。

千鶴を鎮めるためについ口走ったが、もとより本心ではない。堂神の能力は認めているし、桐野が遣わす以上信頼に値するということもわかっているが、心をゆるしたことは一度もない。その点だけは嘘をつけなかった。

だが千鶴は、三郎兵衛の曖昧な表情から、ある程度の事情を察した。大奥でも、よくあることだ。本心ではないにせよ、気休めの言葉ですべてを完結させようとする。

そのあたりの機微がわからねば、女の園では生きられない。

「曲者だなどと無礼なことを言ってしまい、申し訳ありませんでした」

それ故千鶴は、すぐ堂神の前に手をついて詫びた。

「あ、いや……そんな、別にいいよ」

これには堂神も戸惑った。

そんなふうに、人から真っ直ぐに詫びられた経験がなかったからだ。

（俺をいきなり曲者扱いしてきたときは腹の立つ女だと思ったが、とんでもなく素直じゃねえか）

堂神は思った。

正直、悪い気はしなかった。

（殿様が夢中になっても仕方ないくらい、いい女だよ。……やっぱり若に説教してやらなきゃいけねえな）

「何事もない故、そなたはもう休め」

「はい。私こそ、夜半にお騒がせいたしまして、申し訳ございませぬ」

千鶴は至極あっさり引き下がった。

矢張り昼間の失敗が尾を引いているのであろう。その横顔は心なしか憔悴しているように見えた。

三

「それで、桐野の愛弟子というのは、一体どんな者なのだ？」

依然として不貞腐れたままの堂神を内心持て余しつつ、三郎兵衛は問うた。

あの冷徹な桐野が心血を注いで育てた愛弟子とやらに、興味の湧かぬわけがない。

ましてや、一日も早く《五家講》の実態を暴かねばならぬこの時期に、わざわざ江戸を離れてまで迎えに行くなど、尋常ならざる事態である。

「《傀儡》の薫と呼ばれる、そりゃあすげえ女ですよ」

「女？　桐野が女の弟子を育てたのか？」

「師匠にとって、唯一の女の弟子ですよ」

「だが、薫というのは一般的には男の名だぞ」

「そうなんですか？　師匠がつけた名だそうですが。元々人買いにさらわれた孤児だったとかで……」

「《傀儡》の意味は？」

「なんでも、誰にでも、どんな人間にでも化けられるそうで。……その化け方がすごくて、その様子が、まるで己以外の何者かに操られているようだからって……」

「なるほど」

「武術のほうも、師匠が一から教えてますから、そりゃあ、すごいもんでしょうね。正真正銘師匠の弟子です」

「いじけるな、堂神」

「別にいじけちゃいませんよ」

思いきりいじけて、堂神は言い返す。

三郎兵衛に指摘されずとも、薄々その自覚はあった。

武術を一から学んではいないが、見習いお庭番として桐野の下に配属されたとき、桐野はなにか特別な技を堂神に授けようとしてくれた。それを習得できなかったのは堂神の未熟さ故だ。その結果、お庭番に向いていないという桐野の判断の下、谷底に落とされ、死んだことにされた。

おかげで今日まで生き存《なが》らえている。未熟なままでお庭番を続けていれば、畢竟命を落としていたであろう。

だから桐野に対しては感謝しかないが、「桐野はお前の師匠ではない」とはっきり言われてしまうと、さすがに悲しい。

「たとえ武術は違っても、それだけ桐野を慕っているのであるから、そちも確かに桐野の弟子だ」

見かねて三郎兵衛が言葉をかけると、

「気休めはいいよ、殿様」

堂神はあっさり首を振った。

「俺は師匠の弟子じゃない。そんなこたあ、はなからわかってたさ」

「………」

「いいなぁ、一から師匠に教わった薫は。唯一無二の師匠の弟子だなぁ」

「やめよッ」

堪りかねて、三郎兵衛は叱咤した。

「世迷い言はたくさんだッ」

仕方なく堂神は黙ったが、当然あとにはいやな空気だけが残る。しばしそれに耐えてから、

「だが、それほど大切な弟子を、桐野は何故己の手許《てもと》におかなかったのだ?」

口調を改めて、三郎兵衛は問うた。

「手塩にかけて育てた弟子であれば、己の手許におきたいと思うのが人情であろう」

堂神はぼんやり三郎兵衛を見返した。彼の言が的を射ているのかどうか、正直堂神にはわからない。わからないから、しばし口を噤んでいる。

「それに、己の手許においてこそ、自在に使えるのではないのか?」

「それはお庭番側の事情だろ。お庭番じゃねえ俺にはよくわからねえよ」

にべもなく、堂神は答えた。

お庭番組織の事情であれば、仕方ない。如何に桐野が望もうと、思いどおりにはいかないのだろう。

「それで、桐野はいま何処におるのだ？」

思い返して三郎兵衛は問うた。

「確か、常陸って言ってましたが」

「常陸？」

堂神の答えに、三郎兵衛の眉がピクリと動く。

常陸と聞いて、即座に思い浮かぶのは、府中藩の姫君の件だ。さてはなにか関わりがあるのか。

（そういえば、桐野はいやに府中藩の姫に拘《こだわ》っていたが、なるほど、そういうことだったのか）

詳細はわからぬながら、三郎兵衛は一応納得した。

（桐野がそこまで入れ込むとは、一体どんな弟子なのか、儂も会うてみたくなったわ）

堂神が去ってから、三郎兵衛はしばし考え込んだ。

（しかしあの桐野に、そのような者があったとは）

新鮮な驚きを禁じ得ない。

その一方で、

（その者のためなら、己の務めを抛《なげう》っても駆けつける……弟子ではなくて、まるで己の子も同然ではないか）

とも考える。

（人の心を持たぬ筈のお庭番が斯様に情に篤《あつ》いとは……）

そんな思いに駆られていると、ふとした淋しさに襲われた。

これまでは極力考えぬようにしてきたが、己はどういう気持ちで桐野に対すればよいのか。

以前、罠に嵌った勘九郎を、罠と承知で、自らの命を捨てる覚悟で救ってくれたこともある。お庭番の職域を大きく逸脱した行為といっていい。

仮に同じことが三郎兵衛の身に起こったとしても、桐野は同じことをするだろう。

だが、三郎兵衛に対してそうするのは、己の務めを完遂せんがため。勘九郎を救ったときの気持ちとは、全くの別物だ。三郎兵衛は、あろうことか、それを不満に感じている。

(何故儂には心を開かぬ？)

とさえ思っている。

(儂にももっと、心を開けばよいではないか)

つい思ってしまってから、三郎兵衛は心ならずも項垂《うなだ》れた。そんなことは、間違っても思うべきではない。少なくとも、己と桐野との関係においては、あり得ぬことだ。

公儀お庭番と大目付。

情で繋がってよいわけがない。互いに一定の距離と冷静を保ってこそ、縦横無尽の働きができるのではないか。

(あの者は、たとえば言葉の通じぬ異国の者と同じだ。心中など、慮《おもんぱか》る必要はない。なまじ心など通わせぬからこそ、道具の如く使い捨てることもできるのだ)

三郎兵衛は無理にも己に言い聞かせた。

四

しかし桐野は、自らも言い残したとおり、翌日には江戸に戻り、三郎兵衛の前に姿を見せた。

「戻ったのか」

「はい。勝手に江戸を離れまして、申し訳ございません」

「いや、そちが自ら出向かねばならなかったのだ。余程の事情があったのだろう」

堂神から聞いた話には一切触れず、三郎兵衛は理解を示した。

一夜明けて冷静さを取り戻すと、弟子のことなど問い質《ただ》したところで、桐野との関係が好転するとは思えなかったのだ。

それよりも、桐野には他に問うておきたいことがある。

「そちは《常磐屋》石右衛門なる者を存じておるか？」

「本所松井町《ほんじょまついちょう》の町名主でございますな。存じております」

「先日殺されたことも存じておるか？」

「あれは、《五家講》の手先でございましたから、いつかはそうなると思うておりました」

桐野は一向悪びれない。

三郎兵衛は内心苛立っている。

「そこまでわかっていながら、何故然《しか》るべき処置をとらなかった？」

「………」

「そちがなんの処置もしていなかったから、貴重な証人がむざむざ殺されてしまったではないか」

「申し訳ございません」

桐野は素直に詫びた。

「ですが、あの者は、金で買収されて己の名義を貸していただけで、それ以上のことはなにも知らぬかと存じます」

それから徐《おもむろ》に言い訳をはじめる。

そのしたり顔に、三郎兵衛は改めて腹が立った。

「それは飽くまで、そちの見解であろう」

「畏れ入ります」

「図に乗るな、桐野ッ」

三郎兵衛は思わず声を荒らげた。

「いつでも、うぬだけが正しいとでも思うておるのか」

「畏れ入ります」

桐野は神妙に目を伏せ、詫び続ける。口答えは一切しない。そのさまが、逆に強情そのものに見えて、三郎兵衛の怒りは一層煽られた。

（愛弟子とやらの話を持ち出しても、その小面《こおもて》のような貌を保っていられるかな）

つい、むきになってしまい、危うく暴言を吐きかけるが、すぐに我に返った。

「石右衛門のことは、まあいい」

自らを宥めるように三郎兵衛は言う。

冷静さを取り戻すため、深く息を吸い、しばしときを待った。

「では、大奥の年寄・松山のことは？」

充分すぎるほどの間をおいてから、三郎兵衛は改めて問うた。

「御年寄の松山は、或いは《五家講》の首領かもしれぬと目される人物でございます」

桐野は即答し、

「なんだと？」

三郎兵衛は仰天した。

「まだしかとはわかりませぬが」

小面の相貌を保ったままで、桐野は淡々と言葉を継ぐ。

「御年寄・松山に不審の儀ありとの報告は、少し前から聞いておりました。もとより、大奥御年寄というのも、世を忍ぶ仮の姿にすぎませぬ」

「なんと……」

あまりの事の重大さに、三郎兵衛は容易《たやす》く絶句する。

「いつから、松山に目を付けておった？……松山が大奥より出奔する前からか？」

「日頃、大奥付きのお庭番と情報を共有することは滅多にありませぬ故、私にはわかりかねます」

「同じお庭番なのにか？　そんなものなのか？」

「そんなものでございます」

と恭《うやうや》しく頭《こうべ》を垂れた桐野のその肩のあたりを暫《しばら》く無言で見つめていたが、

「何故儂に報せなかった？」

遂に堪りかねて三郎兵衛は問うた。

「大奥のことは御前のお耳に入れる必要はないと思うたからでございます」

という、木で鼻を括ったような桐野の返答は充分予想できていたが、それでも問わずにはいられなかった。

「それで、松山の行方はわかっておるのか？」

「御前さえ宜しければ、これよりご案内いたします」

「なんと、わかっておるのか！」

三郎兵衛はさすがに目を剝いた。

「何故それを先に言わぬのだ？」

「………」

「だいたい、いつからわかっておった？」

「はじめからでございます」

「はじめから？」

「松山様が大奥を出るときから。大奥にもお庭番の目は光っておりますので」

「そういうことか」

「はい。お庭番の目を盗んで大奥から逃れるなど、不可能でございます」

「だが、わかっていたなら、何故早く教えぬ。《葵》も儂も、とんだ無駄足を踏んだぞ」

「………」

「そもそも、お庭番が行き先を知っていたなら、総取締役は何故《葵》に捜索を命じたのだ？」

「総取締役は、《五家講》の存在を知りませぬ故、また別の思惑があってのことでご

「大奥とお庭番のあいだに、交流はないのか？」

ざいましょう」

「大奥は、我らにとって警護対象であると同時に、監視の対象でもあります。監視対象者と交流しては、監視になりませぬ」

「行き先を知りながら、何故泳がせている？」

「松山の背後に、更に黒幕がおるかもしれませぬ故、絶えず見張らせておりました。いまのところ、さほどの動きはございませぬ」

「松山の潜伏場所に儂を連れて行ってもよい、と判断する理由は？」

「動きが見られぬからでございます」

「なに？」

「いまのところ、黒幕と接触する様子もありませぬし、町場の破落戸どもを金で雇って御前と別式女殿を襲わせたのも児戯《じぎ》に等しい愚行。このままでは、或いは尻尾を出さぬかもしれませぬ」

「だから、儂を連れて行くのか？」

「できれば、別式女殿にもご同道いただきたく存じます」

「なんだと⁉」

「御前と別式女殿とで隠れ家に踏み込んでいただき、一旦追いつめた上でわざと逃がせば、或いは焦って黒幕の許に走らぬとも限りませぬ」

桐野の返答に淀みはなく、三郎兵衛はしばし呆気にとられたが、ふと思い返すと、

「貴様、《葵》を利用しようというのか」

険しい顔で指摘する。

「斯様な真似は、断じて許さぬぞ」

三郎兵衛が言い切ったとほぼ同じ瞬間、

「いいえ」

凛とひと声発しながら、千鶴が無断で三郎兵衛の居間に入ってきた。

「どうぞ、利用してくださいませ」

入ってくるなりスルスルと歩み寄り、桐野の側《そば》に跪く。

「どうか私もお連れくださいませ、お庭番殿」

「桐野でございます」

「では、桐野様、できる限り、貴方様のご意向に添えるよう、努力いたします」

「上々でございます」

「一つだけ、お願いがございます」

「なんでしょうか？」

「松山様と話をする間は、邪魔をしないでいただけますか？」

「もとより――」

「うぬら、よい加減にせいッ」

遂にたまりかねて、三郎兵衛は怒気を発した。目の前で、桐野と千鶴が勝手に出会い、挨拶を交わし、誼《よしみ》を通じるさまを見せつけられるのは、三郎兵衛にとって不愉快以外のなにものでもなかった。何故なのか、その理由はわからぬが。

「桐野の浅はかな策略など通用せぬ。斯様な策は、下策だ」

「下策でもよいのです」

千鶴は強く言い切った。

「私はただ、松山様と会って話がしたいだけでございます」

「今更話してどうする？」

三郎兵衛の問いに、

「わけがわからぬのであれば本人に問え、と仰有《おつしや》ったのは松波様でございます」

千鶴は言い返した。

「確かに言ったが……」

指摘されると、三郎兵衛は忽ち口籠《くちご》もらざるを得ない。

「ならば、問うてみます。それ故、会うてみなければなりませぬ」

「だが……」

「いけませぬか？」

「《五家講》の黒幕かもしれぬ女だぞ。一筋縄ではゆかぬ」

「わかっております」

「どうわかっておる？」

「煙に巻かれるようなら、直ちに始末いたします。総取締役様の命は松山様を捜せ、ということでしたが、その真意は捜して連れ戻すか、或いは、戻らぬ場合は始末せよということでございます」

「やれるのか？」

「やります」

千鶴はきっぱりと言い切り、澄んだ目をして三郎兵衛を見返した。如何なる嘘も偽りも許さぬ瞳であった。

五

「ここは？」

「《西海屋《さいかいや》》という薬種問屋の製剤所です」

問われるままに桐野は答える。

「何故このようなところに？　普通製剤所は店舗のすぐ近くにあるものでは？」

千鶴が首を傾げたのも無理はない。

その古寺の庫裏《くり》のような建物は、何故か草深き山中にあった。

一応四ッ谷大木戸《よつやおおきど》の内ではあるが、市中からはほど遠く、いざとなれば大木戸を出て内藤に逃れ、何れ甲州路《こうしゅう》に逃れることも可能である。

「ここで作られているのは、薬効の薄い、紛い物の薬でございます」

「え？」

「薬効の薄い紛い物を高値で売り捌《さば》き、利を得ているのでございます」

「なんと阿漕《あこぎ》な！」

「その利益を、《五家講》の資金にまわしておるというわけか？」

「御意」

桐野は肯き、

「懲りぬのう」

三郎兵衛は呆れ声を出す。

「では、行ってまいります」

正面の入口に立ち、躊躇わず戸を引き開けようとする千鶴を、

「ま、待て、《葵》ッ」

だが、三郎兵衛は慌てて押し留《とど》めた。

「なにをするのだ？」

「この中に、松山殿がおられるのでございましょう？」

「だからといって、いきなり入ろうとする奴があるか」

「では、いつ入ればよいのでございますか？」

「それは……しばし様子を窺ってから……それに、中に何人くらいおるのか、把握しておかねば」

三郎兵衛は交々《こもごも》と言い募ったが、

「いえ、いますぐ入っていただいてもよろしゅうございます」

桐野は至極あっさり了承した。

「なんだと？」

「中にいるのは無害な職人が六、七人。これは刃物をちらつかせて脅せば忽ち逃げ出しましょう。警護の者が二、三人いるかもしれませぬが、別式女殿ならば難無く倒せます」

「ちょっと待て、桐野。二、三人いるかもしれぬ、と申したな？　いるかもしれぬ、と？　曖昧ではないか」

「………」

「違うか、桐野？　二、三人ではなく、二、三十人であったならば、なんとする？」

「仮に、二、三人が二、三十人であったとしても、問題はないかと思われます。御前と別式女殿であれば。……それに」

ふと口調を変えて桐野は言葉を切り、

「あの中に、二、三十人おるとすれば、足の踏み場もございませぬ」

きっぱりと言い切った。

三郎兵衛はもうそれ以上言葉を継ぐことができなかった。

「兎に角、行ってみます」

「あ、こら、待て、《葵》――」

三郎兵衛と桐野のやりとりを他所《よそ》に、千鶴はさっさと庫裏の戸を開けてしまう。

観音開きの戸をグッと引き開けると、ものも言わずに入って行く。

「これ、待たぬか。迂闊《うかつ》に入ってはならぬ。もう少し慎重にせぬか」

三郎兵衛も慌ててあとに続く。

「…………」

若衆姿の千鶴が無言で押し入ると、その場にいた者――薬研《やげん》を碾《ひ》いたり、薬草の葉をほぐしたりしていた者たちは作業の手を止め、一斉に顔をあげて千鶴を見た。

そして、声にならない悲鳴を上げた。一様に、恐怖の表情を浮かべている。その表情から察するに、己らが悪事を働いている、という自覚はあるのだろう。皆、三十代後半から四十代くらいまでの、どこにでもいそうな容貌の男たちであった。

「お前たち、手向かいいたさば、容赦はせぬぞ」

千鶴は頭ごなしに叱責し、脇差しを抜いた。

庫裏の中は天上が高く、鴨居などがないため存外広々としていて大刀でも充分使える筈だが、千鶴は慎重を期したのであろう。

「ひゃあああ～ッ」

誰か一人が恐怖のあまり悲鳴を上げると、同様の悲鳴が幾つも続いた。

作業場は、畳敷きに換算すると六畳から八畳程度の広さである。そんな中で男の悲鳴が幾つも響くなど、阿鼻叫喚の地獄絵図も同然だった。

「ええい、静まれいッ」

三郎兵衛が堪らず一喝すると、それが引き金となり、職人たちは揃って腰を上げ、その場から逃げ出した。大胆にも千鶴と三郎兵衛の脇を抜け、二人が入ってきた入口から外へと逃れたのだった。

「先へ進みます、松波様」

職人たちが全員戸外へ逃れるのを見届けてから、千鶴は告げた。

作業部屋の奥に、もう一部屋か二部屋あることは、外から見ただけでも充分に察し得た。

作業部屋の奥に設けられた襖の前まで進むと、

「そこにおられますか、松山様」

声をかけてから、一気に開け放った。

紫《むらさき》の御高祖頭巾の女と、その供《とも》と思しい木綿《もめん》の粗衣を身につけた四十がらみの女がいた。黄蘗《きはだ》色の木綿衣の女は、千鶴を見ると即ち懐から匕首《あいくち》を抜き、切っ尖を向けてくる。もとより千鶴はそれを軽く躱すと同時に、女の鳩尾《みぞおち》へ当て身をくれて気絶させた。

御高祖頭巾の女は文机に向かってなにか書き物をしていたが、

「しばし待て──」

その手を止めずに文字を認《したた》め続け、書き終えたところで漸く顔をあげて千鶴を見た。

「………」

何が起こっているのかさっぱり腑に落ちぬといった顔つきながら、書状を畳み終えた御高祖頭巾の女は、全く慌てることなく脇息に凭《もた》れる。その姿勢から、なお不思議そうに千鶴を仰ぎ見た。

「そなた……」

千鶴の顔を確認してから、女は、漸く訝《いぶか》るような表情を浮かべた。

年の頃は三十がらみ。化粧は薄く、とりたてて特徴のない顔だ。格別の美貌というわけではないが不細工というわけでもない。年齢相応のよくある顔立ちである。

それ故、さほど印象にも残らない。

「別式女か？」

「如何にも、別式女にございます」

千鶴はその場で一礼した。

「お迎えに上がりました、松山様」

「…………」

「これより、私と一緒にお城にお戻りいただきます」

「それはできぬ」

松山はさも心外そうに首を振る。

「戻れば妾《わらわ》は総取締役の仕置きを受けねばならぬ。最悪の場合、死罪じゃ」

「お戻りを拒否なされば、この場にて死罪を執行せねばなりませぬ」

「なんと！」

松山の表情は即ち凍り付く。

「そのほう、刺客として遣わされたのか！」

「ご返答次第では、そうならざるを得ません」

「…………」

「そもそも、何故大奥をご出奔なされたのですか？」

「…………」

「大奥を出て、一体なにをなさるおつもりなのです、松山様？　なんの悪事に手を染めておられるのです？」

「そなたに話してもわかるまい。刀を振りまわすより能がないそなたなどに、なにがわかるか」

「これ、口を慎め。それを言うなら、うぬは悪事を働くしか能のない女子であろうが」

三郎兵衛が見かねて口を挟むと、松山は無言で彼を見返した。《五家講》の一味であれば、彼が何者であるかはとっくに承知済みだろう。

「先日、刺客を雇うて松波様と私を襲わせましたのは、貴女の仕業《しわざ》でございますか、松山様？」

「今更、左様な問いに答えることになんの意味がある？」

「意味があるかないかを決めるのはうぬではないわ。さっさと答えい、女ッ」

「…………」

三郎兵衛に叱責されると、松山は困惑気味に口を閉ざすが、それでも懲りてはいないようで、火のような目で二人を交互に睨んでいる。

「いつから謀叛を企んでいたのでございます？」

「謀叛ではないッ」

「主家《しゆか》に逆らい、よからぬことを企むのを謀叛といわずなんといいましょうや！」

「謀叛ではない。世直しじゃッ」

「黙れ、痴《し》れ者ッ」

三郎兵衛は思わず声を荒らげた。

幕府転覆の大逆を「世直し」などと言い換える方便は、彼の最も憎むものだ。

「近頃の叛徒は、二言目には世直しなどとほざきおるが、世を乱し、乱に乗じて我欲を満たそうとの魂胆であろう。なにが世直しだ。片腹痛いわッ」

「最早逃れられぬと観念なされ、なにもかも、包み隠さず話されませ」

「…………」

「松山殿？」

千鶴が訝しんだのは、固く閉ざされた松山の口から、そのとき低く含み笑う声が漏れ聞こえたかに錯覚したためだ。だが、追いつめられた松山がこんな場面で笑いなど漏らす筈がない。

己の空耳であろうと判断した次の瞬間、

「んふふふふ……」

今度は三郎兵衛の耳にもはっきりとその声が聞こえてきた。

「ぬふふふふ……」

それは、含み笑いというよりは、なにやら不吉な呪《まじな》いのようにも聞こえる、禍々《まがまが》しい声音であった。

「なんだ、乱心したか？」

「如何なされた？」

三郎兵衛と千鶴は口々に問うた。

「うぁはははははは……」

低い含み笑いは、遂に堂々たる大哄笑へと変わっていった。

一頻《ひとしき》り笑ったあとで、女はふと真顔に戻って千鶴を見た。

「そこな別式女よ」

声音も口調も、最前までとは一変している。

別人のような松山を前に、千鶴は故もなく緊張した。

「それほど聞きたいのであれば、話してやろう」

別人の声色口調で、松山は口を開く。

「吉宗は、御神君以来の名君だなどと言われて悦に入っておるが、実はとんでもない愚物よ。勇み足の改革で世を混乱させ、民を苦しませた」

「ぶ、無礼なッ！」

「妾《わらわ》は既に徳川の臣ではない。故に、無礼にはあたらぬ」

「な……」

「徳川の臣ではなくとも、民の一人ではあろう！　充分に無礼じゃッ」

千鶴は絶句し、三郎兵衛がすかさず口を挟む。

「大目付は黙っておれ。妾は別式女と話しておるのだ。のう、別式女？」

「…………」

千鶴が気まずげに口を閉ざしていると、

「のう、そなたもそう思うであろう？」

松山は立ち上がり、千鶴の顔を更に覗き込んできた。

「土台徳川の将軍など、如何に出来が良かろうとあの程度。世を正すためには、根底から覆さねばならぬ」

「どうしようというのだ？」

「わからぬか、別式女？」

問われた途端、だが千鶴の表情が一変した。

「おのれ、何者だ？」

脇差しの切っ尖を、躊躇うことなくその女に向ける。

「どうした、《葵》?」

「こやつ、松山殿ではありませぬ」

「なんだと?」

「いまのいままで気づかぬとは、一生の不覚」

千鶴は悔しげに唇を噛んだ。

「では、こやつは一体誰なのだ?」

「存じませぬ」

「人の顔を一度で見覚えるそなたが、見間違ったというのか?」

「見間違いました」

と素直に認めてから、

「ですが、もう間違いませぬッ」

千鶴が脇差しを青眼に構え直すのと、

「今頃気づいたか愚か者がッ、うわはははは……」

松山の偽者が大哄笑するのと、

「おのれ、矢張り貴様の仕業であったか、《鬼羅漢《おにらかん》》!」

血相を変えた桐野がその場に飛び込んでくるのとが、ほぼ同じ瞬間のことだった。

第五章　明かされる過去

一

何処かで名を呼ぶ声がする。

「薫、薫……」

「薫？」

それが己の名であるという自覚はないが、呼ばれるうちに、次第に違和感は薄れてゆく。

（それが私のことだというなら、仕方あるまい）

己が薫だということを、いつしか疑わなくなっている。

「誰だ！」

それよりも、己を薫と呼ぶその相手のことが気になって仕方ない。

「私がわからぬのか、薫？」

「お前は誰だ？」

濃く靄《もや》のかかった先にいる相手に向かって、薫は問い返す。

「教えてくれ、お前は誰だ？……いや、私は一体誰なんだ？」

「教えられても、お前にはわかるまい」

靄の奥からは、いつもながら冷ややかな声が返ってくる。

「それでも、教えてくれ！」

「それほど知りたくば、自ら知れッ」

唐突に、鋭く叱責された。

「自ら知らねば、なんの意味もない」

「…………」

「お前は、人から聞かされたものを、疑いもせずなんでも鵜呑《うの》みにするのか？」

「…………」

「では、お前は人殺しのろくでなしだと言われれば信じるのか？」

「信じたくはないが、実際私は人殺しだ」

薫は懸命に言い募った。

「記憶に残っている限りでも、これまでに二十人以上は殺している」

「それは、己が身を護らんとして為したことであろう」

「だとしても、人殺しは人殺しだ」

「そうやって、すぐなんでも鵜呑みにする」

「別に鵜呑みにしているわけじゃない。事実だ」

「では、お前はどうしようもない性悪の女郎だと言われたら？」

「…………」

「信じぬのか？」

「信じてもいい。どうせろくな者ではないのだろう」

「だからお前は浅はかだというのだ。何故ろくな者ではないと決めつける？」

「仕方ないだろう、なにもわからぬのだから」

「大名家の姫君だとは思わぬのか？」

「それだけは違う……気がする？」

「なんでも鵜呑みにするお前が、何故そこだけは疑う？」

「あり得ないからだ。刺客《しかく》を撃退しただけじゃない。無意識に……咄嗟《とっさ》に口をつくのが聞くに堪えない悪口雑言だ。育ちのよいわけがない」

「情けない」

声は明らかに落胆の色を漂わせた。

「その程度の認識しかないとは……」

相手を落胆させた、と思うと彼女の心も少しく痛んだ。名を——そして彼女のすべてを知っているであろう声の主を落胆させたくはなかった。

「そ、そんなことより、お前は私の師匠なのだろう？」

「…………」

気を取り直して再び問うが、声は答えてくれない。答えぬ声に対して、更に問う。

「なんの師匠だ？　私になにを教えた？」

「教えたところで、どうせ、思い出せぬのだろう？」

「聞けばなにか思い出せるかもしれないじゃないか」

「どうかな」

「なんでもいいから、教えてくれ。頼む」

「なにもかも、人頼みだな」

「人頼みのなにが悪いッ」

業《ごう》を煮やして、つい声を荒らげた。

なにもかも承知しているくせに、何一つ教えてくれないその白々しさ、冷たさには
心底腹が立つ。

「教えてくれたって、いいじゃないか」

「ははははは……」

「なにが可笑しい！」

「相変わらず、短気だな」

「え？」

「子供のころの薫も、そのように短気で強情だった」

「子供のころの私を……知っているのか？」

「はははは……どうかな」

朗らかな笑い声を残して、靄の中のその人は去った。

「ま、待て！……待ってくれ！」

薫は懸命に呼び止めた。

が、無駄だった。

あとはもう、なんと言おうと声は答えてくれない。

（去ったか）

思った途端、目が覚めた。

「薫殿」

名を呼ばれて、薫は漸《ようや》く観念して目を開けた。

目が覚めても、再び寝入ればまた声と話せる気がして眠ろうとしたが、無理だった。

目を開ければ、いつもと同じ景色である。床の間には山水の掛け軸と古びた香炉。

枕元には、握り飯の載った膳。

同じ座敷の、同じ臥所《ふしど》で眠っていた。

五平は、座敷の障子の外に控えている。それもまたいつもどおりだ。

「五平さん？」

布団の上にゆっくりと半身を起こしつつ、問いかける。

「なんじゃ？」

五平はすぐさま、障子を開いて顔を出す。

「私を、師匠のところへ連れて行ってくれないか？」

「師匠のことを、思い出したのか？」

「…………」

即答はできなかった。

できなかったが、五平がそのとき大きく目を見張って驚きを隠せなかったおかげで、思案のためのときは稼げた。

「思い出してはいない。だが、思い出せそうな気がする」

言ってから、僅かに口許を弛《ゆる》めて微笑《ほほえ》む。

一笑すれば城傾く。

まさか、それほどの力があると承知でしてのけたわけではない。無意識の為せる技だが、効果は覿面《てきめん》だった。

「か、薫殿」

薫に笑いかけられたその一瞬、五平は年甲斐もなく狼狽《うろた》えた。鼓動が、早鐘《はやがね》を打つかのようだった。

「ね、お願い」

「…………」

五平はしばし逡巡したが、

「そ、そういえば桐野様も、薫の好きにさせよ、と仰せでござった」

つと、とってつけたように口走った。

「思い出せそうなのであれば、それは、そのようにしたほうがよいだろう。なぁ？」

傍《かたわ》らにいた同輩に問いかけると、

「お、おう」

同じく薫の笑顔を見てしまったそいつもまた、即座に肯くしかなかった。

「それがよいわ」

それからその同輩は少しく首を傾げて考え込み、

「それに――」

言いかけて、だがすぐにやめた。

「なに？　なにを言いかけてやめたの？」

薫は当然それを見咎めた。

「いや、別に……」

と口籠もったその男は、咄嗟に思案したのである。

もしいますぐ薫をここから連れ出し、桐野の許へ連れて行った場合、桐野から叱責される可能性が全くないとは言い切れない。

薫をすぐに桐野の許へ行かせていいなら、そう言いおいた筈である。だが桐野は、五平らに屋敷の守りを託して立ち去った。立ち去った以上、本来五平らはここで桐野を待つべきなのだ。

だが、桐野の許へ連れて行け、と薫は言う。

もし連れて行かねば、薫は勝手に出奔してしまうに違いない。そうなれば、彼らでは手に負えないだろう。

(桐野様に叱られる)

男は咄嗟にそのことを恐れたが、すぐに、

「もし薫がここから逃げ出した場合には、好きにさせろ」

という桐野の言葉を思い出した。

最悪の場合、薫が逃げ出したので自分たちはそのあとを追った、ということにすればよい。ならば、万一桐野に叱責されたとしても、充分言い訳は成り立つ、とまで考えたところで、つい、

「それに、薫殿が勝手に逃げたと言えば、我らが桐野様のお叱りをうけることもない」

と言いかけて、やめたのだ。

その男なりの配慮であった。

「なに？　なにを言いかけたか、なんで言わないの？」

薫の執拗な追及にも、男は無言を貫きとおした。わざと愚鈍な表情を作ってやり過ごすことには人一倍自信があった。

「こ、この男は粗忽者にて、己がなにを言いかけたのかも忘れてしまうのでござる。ようあることでござるよ」

見かねた五平が取りなすように言い、多少の不満を残しながらも、薫も納得するしかなかった。

桐野が薫を五平らに託して行ったのは、元はその土地の庄屋屋敷であった。

いつしか人が途絶えて無人になったものを、持ち主がいないのを確認後に現地の間《かん》諜《ちょう》に管理させ、隠れ家として使っている。

屋敷の中では薫の自由にさせろ、と桐野が言いつけたとおり、五平らは、食事や着替えを運んだり、床の間に花などを飾ったりと、文字どおり薫に傅《かしず》いていた。

まるで姫君同然の扱いに気をよくしたのははじめの一日くらいなもので、すぐに飽きた。掃除の行き届いた小綺麗な屋敷の中も隈無く歩きまわってみたが、なにも心に思うことはない。山賊一味に身を置いていたときと同様、それが自らの本来の居場所だとは到底思えなかった。

そういえば、桐野に殺された山賊たちのことも、あのときはあれほどむきになったというのに、いまはもう一人一人の顔も思い出せない。そもそも、皆似たような髭面《ひげづら》で、はっきりと見覚えてはいなかった。

(師匠は何処だ?)

無意識に桐野の姿を捜したが、既に屋敷の中にはいないということをすぐに知った。

(師匠は、どうやら《桐野》という名らしい)

ということも、五平らの交わす言葉に耳を傾けていて、ぼんやり察した。

兎《と》に角《かく》、師匠に関する情報がほしかった。

「五平さんは、桐野師匠とは長いつきあいなのですか?」

庄屋屋敷を発ってから江戸までの道々、薫は屢々《しばしば》五平に問うた。

「そうさのう……もうかれこれ、二十年にはなりますかのう」

五平は易々と口を開いた。

「もとより、それがしのような者と桐野様とでは、天と地ほども違いまするが、同じ頃にお庭番となりまして……」

(桐野はお庭番なのか)

訊ねもしないのに、薫は易々と知ることができた。

（待てよ、二十年来だと？……すると、師匠が十代の頃からのつきあいということになるが）

その都度疑問も生じたが、さあらぬていで、聞き流した。

相手が勝手に喋っているあいだは、その話の腰を折らぬほうがよいということを、薫はもとより承知している。

「若い頃には、数々の修羅場をご一緒いたしました」

桐野を語るときの五平の顔つき言葉つきが誇らしげであることに、もとより薫は気づいている。

（桐野よりはひとまわりも年上に見えるのに、すっかり桐野に心酔している）

ということも、すぐに察した。

そもそも、桐野はせいぜい三十そこそこの年若さで、五平らのような年長者を従えているのだから、その有能さは明らかすぎるほど明らかであったが。

それを承知しつつも、

「桐野師匠は、それほどの凄腕なの？」

薫はわざと五平に問い、

「そりゃあ、もう――」

満面の笑みで五平は応えた。

「それがしなどは、何度窮地を救われたことか」

「へぇ、そうなの」

「あの御方は特別だ。なにしろ、《十全《じゆうぜん》》のあだ名を持つ御方だからな」

「十全！……それは凄いね」

当たり障りなく答えつつ、薫は確信した。

失われた記憶を取り戻すには、なんとしても桐野に問わねばならぬ。

おそらく桐野は、薫にとって武術の師だ。最初に斬り合ったときのことを思い出してみれば、納得できる。太刀筋は鋭く、しかも変幻自在であった。まるで、己の技がすべて見透かされているかのようだった。

はじめて、目の前にいる敵を怖いと感じた。

もし桐野が師であるならば、当然だ。師から教えられた技を使う以上、弟子は決して師にうち勝つことはできないからだ。

(だが、自ら思い出さぬ限りはなにも教えぬ、と奴は言った。……どうすれば、聞き出せる？)

道々薫は思案したが、いまのところ、何一つ思い出せることがない。

(兎に角いまは、奴に会うしかない)

それでも、思い返して先を急いだ。

二

「逃げられたな」

最初に口を開いたのは三郎兵衛だった。

「逃げられました」

千鶴もすぐに同意した。

あたりには、まだ濛々たる白煙が立ちのぼっている。ために、視界は未だはっきりしてはいなかった。

桐野はしばし無言でその場に立ち尽くしていたが、白煙が完全に消えるのを待たず、

「私の失態でございます」

一言呟いた。

「一体なにが起こったのだ?」

三郎兵衛は徐《おもむろ》に桐野に訊ねる。

白煙が完全に消え去ったあとには、御高祖頭巾《おこそずきん》の女だけが倒れていた。一応松山の姿はしているが、最前千鶴は、松山ではない、と言い切った。

松山かそうでないかは兎も角、御高祖頭巾の女は残され、黄檗《きはだ》色の木綿《もめん》の着物を着た下女の姿が消えていた。

煙玉を床に投げつけ一瞬にして大量の白煙を発生させると、その隙に去ったのだ。

御高祖頭巾の女と千鶴が対峙しているところへ駆けつけた桐野が、

「おのれ、《鬼羅漢》ッ」

と叫んだ次の瞬間のことである。

千鶴が気絶させた筈の下女が、そのとき突如ムクリと起き上がり、

「ふははははーッ」

最前まで御高祖頭巾の女が放っていたと同じ大哄笑を発した。下女が起き上がるのと入れ代わるように、御高祖頭巾の女は声もなくその場に倒れ込む。

「しまった！　本来の体に戻ったな！」

「え？」

「さすが、《十全》の桐野の目は誤魔化せぬな」

「どうした、桐野？」

三郎兵衛は当然不審を抱いたが、桐野は答えず、黙って、起き上がった下女の前に立つ。無論隠し刀は袂《たもと》の中に隠したままで——。

「無駄だ」

言うなり下女は素早く腕を振り上げる。振り下ろされたとき、
バンッ、
と激しい爆音とともに、周囲が白煙に包まれた。

（おのれ！）

焦って自ら敵に近づきすぎたことを桐野は悔いたが、あとの祭りだった。

「うわははははは……」

そんな桐野を嘲《あざけ》るような哄笑とともに、《鬼羅漢》と呼ばれる化け物は去った。

桐野はしばしその場を動くことができなかった。今更追っても無駄だろう。

「既に事切れております」

御高祖頭巾の女に駆け寄った千鶴がポツリと言うが、三郎兵衛も桐野も、既に松山への興味は失っている。

「それで、あれは一体なんだったのだ」

三郎兵衛が桐野に問うたのは、視界が戻ってなおしばしのときを経てからのことである。

「あれは、《鬼羅漢》と通称される化け物でございます。人の意識の中に入り込み、その者の体を我がものの如く支配いたします」

「人の意識の中に入り込む、とはどういうことだ？……人の心を操る、という仁王丸のような術か？」

「仁王丸の術は、《偸心香《ちゆうしんこう》》を吸わせて意識を揺らがせた上で行う、一種の目眩《めくら》ましの如きもの。《鬼羅漢》は、実際に狙った相手の中に入り込み、その者として行動いたします」

「なんと！」

千鶴が驚きの声を発し、

「左様なことが可能なのか？」

三郎兵衛は真顔で問い返した。

「此度《こたび》の件に、《鬼羅漢》が関わっているかもしれないという噂を伝え聞いたとき、正直ただの噂であってほしいと願いました」

「何故だ？」

「恐ろしいからでございます」

「お前でも、か？　桐野？」

「誰もその正体を知らず、素顔を見た者もいないとされる化け物でございます。関わりたくはありませぬ」

「その正体が、あの女子ということか？」

「わかりませぬ。あの者もまた、ただ《鬼羅漢》の意識を一旦乗り移らせるための憑《より》坐《まし》に過ぎず、本物の《鬼羅漢》は何処か別の場所におるのかもしれませぬ」

「いや、いかに化け物の如き異能の者とはいえ、人の為せる技である以上、憑依する相手の近くにおらねば無理なのではないのか？」

「何故そう思われます？」

「もし仮に、儂にその術が使えるとして、乗り移る者の顔をこの目で見なければ無理だと思うからだ。顔が見えねば、間違って他の者に乗り移ってしまうかもしれぬではないか」

「…………」

「たとえば、堂神のように《千里眼》の術が使えるのであれば、話は別だ。乗り移る対象の側《そば》におらずとも、離れたところからでも相手の姿が見えていれば乗り移ることができるかもしれぬ」

三郎兵衛が流暢に語る言葉を、呆気にとられて桐野は聞いた。元々対応力に優れていることは知っていたが、悪夢のような能力の持ち主の存在を知らされても、こうまで冷静に分析判断ができるとは。

「だが、一人の者が、同時に二つの異能を備えるなどということが、はたして可能なのか?」

「それは……」

桐野は容易く口ごもった。

三郎兵衛の問いは、桐野の常識をもあっさり超えてくる。

(矢張りかなわないな、この御方には……)

と心中密かに舌を巻いたところへ、

「もしそれがあり得るのだとすれば確かに化け物だが、そうなればもう、そやつは生身の人ではあるまい。人外の魔物以外のなにものでもないわ」

三郎兵衛は厳《おごそ》かに告げた。

(この御方の叡智は、人知を超えるか)

その力強い言葉に、桐野は感動すら覚えた。

しっかりしろ、と励まされているような気もした。

誰しも、得体の知れぬ人外の存在など認めたくないし、そんなものが存在すると知れば恐怖に戦《おのの》く。しかるに三郎兵衛は、桐野の言を少しも疑わぬどころか、その思考は一歩も二歩も先を行っている。

「まこと、《鬼羅漢》は人外の魔物かもしれぬと恐れたこともございましたが、そもそも人外の魔物などというものがこの世に存在する筈もなし――」

桐野は、常の桐野の口調に戻って言い、

「すべては御前《ごぜん》の仰せのとおりかと存じます」

三郎兵衛の前に、恭《うやうや》しく跪《ひざまず》いた。

「畏れ入りました。御前のご炯眼《けいがん》には頭が下がります」

「もうよい」

三郎兵衛は渋い顔で首を振り、

「それより、これからどうするつもりだ。折角、手中にできそうだった《鬼羅漢》に逃げられてしまったではないか」

鋭く指摘した。

「はい」

三郎兵衛に指摘されて、桐野は漸く我に返る。

「《鬼羅漢》の目的は知れております故、何れしかるべき場所にて討ち取りまする」

「できるのか？」

「はい」

「して、《鬼羅漢》の目的とは？」

「西国の大藩の領主に成り代わり、討幕の兵を挙げることでございます」

「なるほど」

鷹揚に肯きつつも、三郎兵衛の顔はさすがに少しく青ざめた。

西国の外様が同盟を結び、大挙して江戸に攻めのぼってくる、という噂は、いまや季節の風物詩のようなものだが、荒唐無稽な眉唾話も、それを可能にする者の出現によっては現実のものとなる。

三郎兵衛自身は人外の魔物の存在など信じないし、まともに取り合う気にもなれないが、人の世の数奇となれば話は別だ。たまたま異能の者が同時代に生き、己の異能を悪用せんとするところへ居合わせてしまったのは不運だが、見て見ぬふりはできない。

できる限り、抗する手段を考えねばならない。

「桐野」

三郎兵衛はふとなにか思いついたらしく、顔つき口調を変えて桐野を見た。

「はい」

「お前は、松山が《鬼羅漢》に操られていることを承知の上で、儂《わし》と《葵》に松山と接触するよう仕向けたのだな？」

「…………」

桐野の顔から、瞬時に血の気が失せた。

実際には、ただでさえ白い面が、死人の如き顔色と化したのだ。

「桐野ッ！」

「も、申し訳ございませぬッ」

桐野はその場で土下座した。

「うぬは、儂と《葵》を囮《おとり》にしおったな」

「滅相もございませぬ。私はただ……」

「いや、囮なら囮でもよい」

だが、三郎兵衛は桐野が恐れたほどには激昂しておらず、口調もそれほど荒くはない。

「せめて一言、儂らに《鬼羅漢》のことを教えておくべきであろう。なにも知らぬ儂らが迂闊《うかつ》に近づき、もし万一、儂か《葵》のどちらかが、《鬼羅漢》に取り付かれるとは思わなんだのか？」

「御前や別式女殿のように武術の修練を積まれた方には、《鬼羅漢》は乗り移りにくいようでございます」

「どういう阿諛《おべつか》だ？」

苦笑とともに三郎兵衛が問うと、

「畏れ入ります」

桐野には最早《もはや》、ひたすら平身低頭するよりほか、返す言葉はなにもなかった。

そんな桐野を見るうち、三郎兵衛は平静を取り戻す。

「それはまことか？」

「え？」

「武術の修練を積んだ者には、《鬼羅漢》が乗り移りにくいというのはまことか？」

「武術に限らず、なんらかの修練を積んだ者の精神は強固であるため、易々と乗り移ることはできませせぬ」

「確かか？」

「はい」

「ならばよし」

三郎兵衛は深く肯き、

「もう少し、お前の話を聞いてやろう」

今度こそ、迷いの晴れた顔で言った。

もとより、これまで桐野が関わった調べによって明らかとなった《五家講》の全容を話せ、ということにほかならない。

《鬼羅漢》と呼ばれる化け物じみた異能の者の存在を伝え聞いたのは、薬込め役であった桐野が、吉宗とともに江戸入りし、お庭番という新たな役名を得てしばし後のことである。

桐野は当初、《鬼羅漢》という得体の知れぬ存在を否定していた。

江戸で吉宗の身辺を護るうち、この世には実に様々な敵が存在することを知った。

腕の立つ者が多いだけでなく、奇妙な術を使う者たちも少なくなかった。

中には、信じがたいような術もあったが、それが人によって為されている限り、桐野に破れぬ術はなかった。

厄介なのは、修練を積んだ末に得た技術ではなく、持って生まれた才能——異能を持つ者たちである。たとえば堂神の持つ《千里眼》のように、人の力ではどうにもできぬものがある。

桐野は異能の存在を否定した。堂神にも、当初は《千里眼》の使用を厳しく禁じた。ひとたび異能の者の存在を肯定してしまえば、異能を持たぬ者はどうすればよいのか。

だが桐野は、《鬼羅漢》の仕業《しわざ》としか思えぬ出来事を、何度も目の当たりにすることになる。目の前で、人が豹変する。全くの別人に変わる。顔つきすらも変わってしまう。その本人であれば絶対口にしないであろう言葉を口にし、常のその者とは真逆の行動をとる。

「お前は誰だ？」

と問い、

「《鬼羅漢》」

別人の声色口調で答える部下を、何度か桐野は斬り捨てた。

信じぬ訳にはいかなかった。信じはしたが、同時に、どうにもならぬということも思い知った。

斯様《かよう》な能力は、最早人知でどうにかなるものではない。

それ故桐野は、その存在を極力無視することにした。

直接己の務めに関わってこぬ限り、自ら進んで近づかぬようにした。

実際、避けようとしても避けきれぬことは屢々あったが、見て見ぬふりをした。

《五家講》の首領が何処の誰なのか、その真の姿がさっぱり見えて来ず、探索が行き詰まったとき、桐野は当然《鬼羅漢》が関与している可能性を考えるべきだった。

だが桐野は極力そこから目を背《そむ》けた。己の身の丈に余る事態からは目を背けたいのは人情だ。

首領ではないかと目を付けた者が、次々とお庭番の包囲網をすり抜けてしまうたび、桐野は敗北の辛酸を舐めた。

ある時点までその人物の中に居座り、その人物として振る舞っていながら、追いつめられそうになるとスルリとその人物の中から抜け出て、元の自分に戻ってしまう。

そのような実体のない煙のような存在を、捕らえられるわけがない。

大奥を出奔した御年寄の松山こそが、漸く辿り着いた最後の手がかりであった。

大奥を出た松山は、《五家講》の隠れ家、資金調達のために密かに運営している商家などを転々としていた。そこで部下たちに指示を出し、大奥に潜入させていた間諜たちや関与した者までも次々と始末させた。

（これはもう、松山が黒幕で間違いあるまい）

との確信を強めたところで、三郎兵衛と千鶴が、《五家講》の隠れ家の一つである浅草の古刹に現れた。

その古刹に、たまたま、松山が金で雇い入れた有象無象の用心棒が大勢いた。《五家講》では、お庭番の暗躍により、これまでに腕のいい間者《かんじゃ》が随分命を落としている。有象無象でもいないよりはましだと考えたのだろう。どうせ、遠からず江戸は捨てることになるのだから、後腐《あとくさ》れのない連中を使い捨てればよい、とでも企んでいるのかもしれない。

千鶴を見て、当然己を捕らえに来たものと思い、松山は有象無象をけしかけた。

「では、あの日浅草の古寺に松山がいたのは偶然なのか？」

「偶然でございます。ですが――」

桐野は真顔で言葉を継いだ。

「偶然とはいえ、目指す人物の居場所に行き着いてしまうのもまた、御前のご人徳かと存じます」

「そんな人徳、嬉しゅうないわ」

「私は嬉しゅうございます」

それまで黙って二人の話を聞いていた千鶴が、唐突に口を挟んだ。

「あの日は、松山探索の件はしばし忘れて遊ぶということで、寺院めぐりをしていたのでございます。口では遊ぶと仰有《おつしや》いながら、松波様は、実は密かにあの古刹に目を付けておられたのですね」

「え？……い、いや、それは……」

「さすがでございます、松波様！」

「さすがでございます、御前！」

「桐野はやめい」

三郎兵衛は桐野に向かって渋い顔をした。

千鶴から手放しで褒められ、賞讃の目を向けられることに抵抗はないが、桐野から言われると揶揄されているとしか思えない。

これまでの桐野との関係性を思えば、それも致し方のないことであったろう。

三

夜半。

邸内はすっかり寝静まっている。月が一際冴えて見えた。

勘九郎の起居する離れの屋根の上でぼんやりしていた桐野は無意識に身構える。

ひどく間延びのした緊張感のない殺気が、突如桐野の間合いに飛び込んできた。

スンッ！

繰り出される小脇差しの切っ尖を拳《こぶし》で撥ね、相手が揺らぐところを手刀で襲う――。

刃を交えるまでもない相手と侮《あなど》ったが、脇腹に手刀を打ち込まれながらも次の瞬間、桐野の踝《くるぶし》あたりを蹴ってきた。

（こやつ！）

辛うじて間際で躱《かわ》すが、体勢はやや崩れる。

それを見逃さず、相手は身を翻《ひるがえ》して再び切っ尖を突き入れようとした。

仕方なく屋根の上から跳んで地上に降り立つ瞬間、桐野の五体に無意識の本気が漲《みなぎ》った。

続いて屋根から跳んだ相手に、

「やめよッ」

と短く窘《たしな》めざま、桐野は再び跳躍した。

跳んだときにはその袂から、忍び刀が現れ、襲撃者の喉元へピタリと当てられている。

「………」

襲撃者は即ち身動きをやめた。

「どういうつもりだ、薫？」

（やっぱり、桁違いに強い）

返り討ちに遭いながら、薫は何故かそれを歓んでいた。ここまで強い相手が師匠であるなら、こんなに嬉しいことはない。

「師匠！」

「私を思い出したのか？」

「思い出しかけている」

「なに？」

「だから、もっと稽古をつけてくれ、師匠」

言うが早いか飛び退り、再び小脇差しを構え直す。

「稽古をつけてもらったら、もっといろいろ思い出せる」

「やめよ、薫ッ」

桐野は厳しく叱責するが、薫は一向懲《すさ》りずに攻撃してきた。

即ち、切っ尖を、真っ直ぐ桐野に向けてくる。

「やめろ、と言うておろうが。深夜に人様のお屋敷の中で暴れては迷惑であろう」

その切っ尖を軽く躱しつつ、桐野は懸命に言い募る。幸い、離れの住人は留守だからいいが、白刃の擦れる音を聞けば勘の良い三郎兵衛が目を覚ましてしまうかもしれない。桐野はなによりもそれを恐れた。

「やるなら、他の場所でだ」

「この屋敷の主人て、古稀《こき》過ぎの爺さんなんだろ」

「こら」

「耳が遠いから、聞こえやしないよ」

「たわけ。私ですらかなわぬかもしれぬ達人だ。お前など、一合とて刃を合わせることなく真っ二つにされるぞ」

「まさか！」

薫は鼻先でせせら笑った。

せせら笑いつつ、相変わらず緊張感のない攻撃をし続ける。

「お前、何一つ、思い出しておらぬな」

言葉とともに、桐野はその切っ尖を利き手の指の間にとらえた。

「え？」

声には出さぬが、薫の目が驚きと共に桐野を見た。

桐野の細く長い指の間にとらえられた切っ尖はピクとも動かない。

「私の言いつけを、何一つ守っておらぬではないか」

「そんなことはないッ」

むきになって言い返すとともに、力任せ、刃を取り戻そうとすると、

「刀にばかり気を取られて、他は全部お留守だぞ」

強《したた》か脛《すね》を蹴られて仰向けに倒れた。

「うッ……」

薫は悔しげに桐野を見返すが、一見軽く蹴られたようで実は相当な力がこめられていたため、容易には起き上がれない。

「五平」

虚空に向かって桐野は呼んだ。

「こ、これに――」

闇から現れ、五平は桐野の足下近くに跪く。

「何故薫がここにおる？」

桐野の鋭い眼が、容赦なく五平を貫いた。

「誰が連れてこいと言った？」

「そ、それは……」

「確かに、逃げるも留まるも薫の好きにさせよ、とは言ったが、よりによって江戸の……それも、このお屋敷に連れてくるとは、どういう了見だ」

「も、申し訳ございませぬ」

「で、ですが桐野様――」

と横から口を挟んだのは、常陸より同道した五平の同輩である。

「もし薫殿が庄屋屋敷を逃げ出した場合、捕らえることがかなわずとも、決して薫殿から目を離さず、報告するように、と仰せられました」

「確かに言ったが？」

「我ら、薫殿を追ってここへ参りました。桐野様への報告が遅れましたことは我らの落ち度でございます」

「なるほど、薫はうぬらに告げず、勝手に出奔したわけだな」

「左様でございます」

平然と肯いてみせる同輩を、五平は驚いて顧みた。明らかに虚偽の言である。この場を言い逃れようとしているとしたら、浅はかすぎる。

「では、うぬらに告げず、勝手に飛び出してきた薫は、何故私がこのお屋敷にいると知ることができた？　ましてや、殿様が古稀であるということさえ知っていたぞ。うぬらと同道し、道々うぬらが話して聞かせたのでなければ、如何にして知り得るというのだ？」

「…………」

五平もその同輩も、同様に沈黙した。

「この私を、丸め込もうとしたか？」

「…………」

問い詰められても、答えることはできなかった。迂闊に答えて、更に桐野を怒らせたら、と思うと、そのほうが余程怖い。

だが、そのとき。

「師匠！」

懸命に起き上がった薫が、自ら桐野の前に身を投げ出し、必死の声音で呼びかけた。

「私が無理を言ったのです。どうか、五平さんたちを責めないでください」

「お前、思い出したのか？」

桐野は一瞬間意外そうな顔をして薫を見た。口調が、僅かにかつての薫を思わせたのだ。

さしもの桐野も、それこそが、薫の狙いであるとは夢にも思わなかった。

「師匠……」

さも懐かしげな表情をつくって呼びかけた後、桐野に向かってするすると進み寄る。

間合いに入った瞬間、

「死ね、桐野」

背後に隠し持った小脇差しを、桐野めがけて跳ね上げた。

ギュシッ、
桐野はそれを、辛うじて間際で受け止めた。

「お前……」

「私の師匠だと言うなら、私を殺してごらんよ！」

薫は一旦後退し、小脇差しを再び己の背後に隠した。隠したままで、再接近する――。

「やぁあああ～ッ」

気合いとともに跳躍し、大上段から放ったその一撃が、まさに桐野の眉間を襲うかに思われた瞬間――。

桐野の忍び刀が、薫の持つ小脇差しを襲い、
ばぎッ、
と根元からへし折った。

折られた刃は一旦高く舞い上がった後、ひゅるる、と大きく弧を描きながら、桐野の足下に落ちる。

「師匠……」

「いまのは悪くない」

桐野は少しく唇の端を弛めて微笑んだ。

「思い出したのか？」

「実力の知れぬ敵に向かうとき、己の刃は決して敵に見せてはならぬ……」

薫はぼんやり呟いた。

呟いた後、心ここにあらぬ顔つきで、忽《たちま》ちその場に膝を突いて頽《くずお》れる。

「五平ッ」

桐野が呼べば、

「はい、これに——」

五平はいつでもその足下に跪く。

「ここから最も近いお庭番の隠れ家、覚えておるか？」

「鎌倉河岸《かまくらがし》のでございまするか？」

「そこに薫を連れて行き、私がよいと言うまで決して外に出すな。寛七という若輩者がおるから、私と同郷、ほぼ同期であることをひけらかしてでも上位に立て」

「よいのでございまするか？」

「そうしなければ、規律が保てぬ。長年地方にいたとはいえ、お前は年長者だ」

「かしこまりました」

一礼してから、五平は同輩とともに放心した薫を抱え、その場から立ち去った。

三郎兵衛と千鶴が松の幹陰からその一部始終を見ていたことは、もとより桐野も承知していた。

矢張りこの二人の耳に白刃の交わる音を秘するのは不可能であった。三郎兵衛は寝間着の上に黒縮緬《ちりめん》の羽織を羽織っただけだが、千鶴はしっかり身繕《みづくろ》いを整えていた。

「夜間、お屋敷をお騒がせいたしまして、申し訳ございませぬ」

桐野は平身低頭した。

できれば、それ以上の追及を避けたかったのだ。だが、当然それではすまなかった。

「あれがお前の自慢の弟子か？」

「とんだお目汚しを……」

「いや、お前が心血を注いで育てた者だ。腕が鈍《なま》っているように見えたのはなにか理由があるのだろう」

「………」

（矢張りかなわぬな、このお方には）

桐野は内心舌を巻く。

三郎兵衛に薫の存在を知られているということも気になるが、それ以上に、薫の身に起こった異変に気づく彼の鋭さを、桐野は畏《おそ》れた。

「どうやら記憶を失っているようでございます」

「なに？」

「行方不明になったことと関わりがあるようでございます」

「そうか。難儀なことだな」

「畏れ入ります」

「しかし、記憶を失っていても、そなたを師と慕ってここまでやって来るとは、健気なものだな」

「別に私を慕ってきたわけではなく、己が何者なのか知りたくて聞きに来たのでしょう」

「桐野殿」

それまで黙って二人のやりとりに耳を傾けていた千鶴が、ふと桐野に向き直る。

「あの女子、桐野殿のお弟子ということは、お庭番なのでしょうか？」

「え？」

桐野はしばし戸惑ってから、

「だとしたら、なんでございます？」

珍しく即答を避けた。

千鶴の問いに、なにかしら不安を覚えたのだ。

「あの者は、いまより一年ほど前、別式女として大奥におりましたが、それはお庭番のお務め故でございましたか？」

「なんですと？」

桐野は意外そうに千鶴を顧みた。

薫が行方知れずになったのは一年ほど前からだと報されているが、実際のところはよくわからない。大奥の別式女として潜入する任務を与えられていたかどうかも、定かではなかった。

だが、それ以前の薫が、西国の某藩に潜入していたことは間違いない。

千鶴が大奥にいたという時期と、微妙に重なる。

「それはまことでございますか、別式女殿？」

「部下であった者の顔を見間違いはいたしませぬ。ほんのひと月ほどの短いあいだではありましたが」

「ほんのひと月？　何故だ？」

三郎兵衛がすかさず口を挟む。

「ある日宿下がりでお城を出たきり、戻って参りませんでした。あの折は腑に落ちぬことばかりございましたが、お庭番ということでしたら、納得できます」

「どういうことだ？」

「あの者は、お庭番としてなんらかの務めを果たすため大奥に潜入し、その役目が済んだため立ち去った、ということでございます」

淡々と千鶴は述べた。

「あの者、相当な使い手と見受けられましたが、実力を隠し、屢々わざと同輩に負けたりしておりました。一体どういうつもりなのか問い質《ただ》そうと思っていた矢先、出奔されてしまいました。いま思うと、うっかり実力を見せつけて目立つことを嫌ったのですね。目立てば、務めの障りとなりましょうから」

「肝心の務めとは、一体なんだったのであろうな？」

三郎兵衛が口にしたのと同じ疑問を、当然桐野も抱いたが、口には出さなかった。

（別式女の役目は大奥の警護。だが、それとは別に、お庭番もまた大奥を外から見張っている。警護と言えば聞こえはよいが、要するに、監視だ。お庭番の薫がわざわざ別式女として大奥に潜入した目的は、警護でも監視でもあるまい）

口には出さず、ただ心中密かに思案した。

薫がすんなり記憶を取り戻せばよいが、それがかなわぬ以上、西国を去ってからの薫の足どりを追う必要がある。

（とはいえ、いまは《鬼羅漢》を追わねばならん）

己に言い聞かせるように桐野は思い、やがて闇にその身を溶け込ませた。

四

（畜生）

何度同じ言葉を胸に反芻してきただろう。

（畜生、畜生、畜生……）

一体どれほどのときを過ごしただろう。

それすら忘れてしまっている己に愕然とする。

（いっそ、殺せばよいものを……）

何度思ったことか。

だが、口に出したくても声にならない。

（苦しい）

今更ながら、苦痛に身を捩《よじ》る。

状況を考えれば、とっくに死んでいて当然なのに、未だ長らえている。自害したくても、身動きすらできないのだ。

或いは、永遠とも思えるときを過ごしたように感じるのは錯覚で、実際には未だ一日とて経っていないのかもしれない、とも思い返す。五日、或いは十日のときを過ごしたにしては、全く空腹を感じない。

おかしい。

人は、三日も食を断てば空腹を感じて飢える筈だ。然るに、己の四囲《しい》を取り巻く暗黒の闇に落ちてからというもの、一切空腹というものを感じていない。空腹どころか、渇してもいない。

(既に死しているのか？)

死して幽鬼となり、魂魄《こんぱく》がなお宿縁《しゆくえん》の地にとどまっているのかもしれない。

そうなっても仕方ないだけの末路であった。

およそ考えられる限りの拷問を受けた後、生きたまま穴埋めにされたのだ。

(おのれ……)

怨みは骨髄に達していた。

(たとえ魂魄となっても、この怨みは必ず晴らしてやる。……晴らさいでか)

心中に呪いを発するようになると、不思議と体の苦痛が軽減した。

寧《むし》ろ、呪いの言葉を胸中に溜めることで苦痛が消失する気がした。

（おのれ、おのれ、おのれ……私をこの運命に導いた者すべてを地獄へ送り、私が味わったと同じ……いや、それ以上の苦痛を味わわせてやる）

苦痛が軽減されたのは、呪いを発したからではなく、意識が混濁する時間が長くなったからだということに、無論本人は気づいていなかった。それどころか、己を既に死した者だと思い込んでいる。

死者であるからには、生者を呪うのが当然とさえ思っている。

（誰か……）

意識がはっきりしているあいだ、できる限りその意識を研《と》ぎ澄ませた。

すると、いつしか近くに人の気配を感じ取ることができるようになった。

（誰か、来い。私を……いや、私の意志を継げ）

強く念じ続けた末に、遂にその者の体を我が者とし、意のままにできる術を得た。

（私を助けよ。足下の土を掘り、私を助けるのだ）

その意志を体内に注がれた者は、直ちに従った。土を掘り起こしてそこに埋められていた者を助け出し、介抱した。

おかげで、生き存《なが》えることができた。

いや、本当に生き存えているのかどうか、実のところよくわからない。

地獄から生還した後は、己の得た能力を駆使して、その都度目的を遂げてきた。

己を死地に送り込んだ者には、真っ先に報復した。

「お前、生きていたのか……」

戦く瞳で凝視するそいつを威《おど》しすかしながら死地に追い込むのは、至上の歓びであった。

「ああ、生きていた。今度はお前が死ぬ番だ」

「ま、待て…待ってくれ」

命乞いしようとするかつての小頭《こがしら》の首を、易々と刎《は》ねた瞬間、名状しがたい歓喜が五体に漲った。

(ああ、生きていてよかった……)

しみじみと実感した。

実感すると、折角得た力を試してみたくて仕方なくなる。なんと、面白いように使えた。

「卒爾《そつじ》ながら――」

身分卑しからぬ風情の武士を呼び止め、

「しばしお耳を拝借してもよろしゅうございますか?」

問いかければ、大抵の者は不快げに顔を曇らせ、

「なんだ?」

横柄な口調で問い返してきた。

そういう者から、肉体を奪うのに、なんの躊躇《ためら》いも覚えなかった。

「お体、頂戴仕《つかまつ》る」

という台詞《せりふ》は、相手を恐れさせるために敢えて口にしたが、実際には、念ずるだけでその力を行使することができた。

しかし、困ったこともあった。拷問のせいか、それとも長時間土中に埋められていた故か、かつて厳しい修練の果てに身につけた身体能力がほぼ失われてしまったのだ。

もとより、乗り移りの力がある限り、なんの問題もあるまいが。

(折角、死生の瀬戸際にて得た力だ。有効に使わねば)

とは思うものの、己以外の者たちを易々と御することのできる能力に酔いしれぬわけがない。富商になって贅沢三昧の暮らしを送るも、権力者となるも思いのままなのだ。

(大名、旗本……誰にでも成り代われるではないか)

当然、野心が生まれた。

（将軍にでも成り代われるぞ）

と思った日から、そのためにだけ、生きてきた。

しかし、その望みの前に立ちはだかる者があった。

お庭番である。お庭番たちは、どんなに小さな異変も見逃さず、根掘り葉掘り探ろうとする厄介な存在だった。

誰にでも成り代われるといっても、所詮一人でできることには限りがある。身分の高い者に成り代われば家来に命令することは可能だが、お庭番の目にも触れやすくなる。大名や有力旗本の身辺には、ほぼお庭番の目が光っている。下手《へた》な真似はできない。

お庭番の動きを探るうち、妙なことに気がついた。お庭番組織とよく似た間諜組織が存在しながら、それは全く機能していなかった。機能していない理由はすぐにわかった。要所要所に有能な小頭を配置していないため、命令系統が巧くまわっていないのだ。

（これは使える）

かつてはよく似た組織に所属していたため、組織の動かし方は心得ていた。

組織の首領に成り代わると、これを瞬《またた》く間に掌握した。

将軍に成り代わるのに最も手っ取り早い方法は、大奥に潜り込むことだと思ったが、残念ながら吉宗は大奥に入りびたるような将軍ではなかった。念のため大奥に送り込んだ御中﨟は始末した。情報収集のための間諜は残したが、上からなんの指図もないことを不安に思ったか、皆、勝手に出奔してしまった。市中に潜伏しているのを捜し出して始末するのは手間がかかったが、仕方ない。機密保持は諜報活動の鉄則だ。

根来衆《ねごろしゅう》が中心となっての暗殺計画が失敗に終わり、お庭番に《五家講》の存在が露見してからは、とりわけ慎重を期する必要があった。大奥を使っての成り代わりが難しくなったいま、西国の外様大名を利用するしかないが、お庭番の反撃は必至であった。

五

大名屋敷も、夜間は静かなものだ。人っ子一人いないかの如き閑《しず》けさだった。

人けのない路地を黒い影が過《よぎ》ったところで、気に留める者はいない。だが、

「丹羽薫氏《にわしげうじ》とは、よいところに目を付けたな《鬼羅漢》殿。この程度の小藩であれば、上屋敷であっても警備は手薄だ」

闇からうっそりと囁かれる声音に、黒い影の動きもピタリと止まる。

「薫氏自身は江戸定府《じょうふ》だが、継嗣の氏栄《うじひで》は何《いず》れ大坂定番《おおさかじょうばん》。そちらに乗り移れば、労せず上方《かみがた》に赴《おもむ》くことができる」

「そんな面倒な真似をせずとも、一足飛びに将軍に乗り移るという手もあるぞ」

だが影は逆に揶揄《やゆ》するような言葉を吐き、含み笑った。

「自信満々のようだが、それができるものなら、とっくにそうしているのでは？」

桐野に指摘されてから、

「楽しみは先へとっておくものだ」

言い返すまでにやや間があいたのは、存外図星だからかもしれない。人知を超える恐ろしい力にも——いや、恐ろしい力だからこそ、制約も多いはずだ。

桐野はいつしか、三郎兵衛の考えを信奉するようになっている。

「おい、何処へ行く？」

桐野は走り出す《鬼羅漢》のあとを追う。黒装束に身を包んだ男は存外小柄で、身の丈も桐野より低い。

「藩主薫氏に乗り移らなくてよいのか？」

「ちっ……」

だが《鬼羅漢》はもうそれ以上無駄口をきこうとはせず、一途に桐野の前から立ち去ろうとする。無論むざむざ行かせる桐野ではない。

「これ、待たぬか、《鬼羅漢》」

「馴れ馴れしく呼ぶな、お庭番」

「いいだろう、別に。満更知らぬ仲でもなし。これ、待たぬか《鬼羅漢》、何故逃げる？」

「貴様が追ってくるからだ！　藩主に乗り移る計画は中止したのだから、それでいいだろう」

「おかしな奴だな。なにも中止することはないだろう。別に私が見ている前でも乗り移れるのではないのか」

「その前に、貴様の前では、大名屋敷に忍び入ることができぬわ」

「なるほど、やはり乗り移る相手の側まで行かねば乗り移れぬわけだな」

「五月蠅《うるさ》い。ついてくるなッ」

《鬼羅漢》は一途に足を速める。

恐ろしい力を持っている癖に、そうしていると、常人程度の能力しかないようにも見える。

（矢張り、乗り移りの力以外、己自身にはなんの能力もないのか？）

内心不思議がりつつも、桐野はやや脚《あし》を弛めて《鬼羅漢》を先に行かせた。

いつでも追いつけるだけの余裕をもってあとを追いかけた。

この数日、お庭番の諜報網と堂神の《千里眼》を駆使して《鬼羅漢》の足どりを探った。

確実に追いつめ、とどめを刺すまで、追跡を弛めるつもりはなかった。

《鬼羅漢》が内藤新宿《しんじゆく》を素通りし、高井戸宿《たかいどしゆく》まで行くであろうことは想定内であった。

内藤新宿が設けられる以前は旅籠《はたご》も多数あったが、元禄年間に内藤が設置されてからは足を止める旅人も少なくなり、自然と旅籠は減り、人の出入りも減った。いまではすっかり寂れている。

本来人目を避ける者は、大勢の人の出入りがある場所へ紛れ込むべきだが、《鬼羅漢》はそうしなかった。

途中、大木戸《おおきど》近くの隠れ家で休憩し、松山の下女の姿となった《鬼羅漢》は、予定どおり四谷の大木戸を出て内藤を通過し、高井戸に向かっている。甲州路には《鬼羅漢》の隠れ家がある。江戸に見切りをつけた《鬼羅漢》は、とりあえず其処を目指すだろう。そう予想した桐野は、高井戸で待ち伏せることにした。内藤で足を止めなかった《鬼羅漢》は、さすがに高井戸で休憩する筈だ。

だが、そこには既に《鬼羅漢》を待ち受ける者たちがいて、鉄壁の守りを固めている。

宿場の東には、《千里眼》の堂神。

西には伊賀の仁王丸。

南には、松波三郎兵衛と大奥別式女の千鶴。

空《あ》いているのは、北だけだ。

《鬼羅漢》を北へ誘導するための布陣に相違なかったが、流石《さすが》にそれほど容易《たやす》い相手
ではなかった。

（小賢しい真似を――）

すべてを察した上で、《鬼羅漢》は南を目指した。護りが、最も堅いと思われるそ
の箇所こそが、実は最も弱いということを、数多くの修羅場の中で学んできた。

（桐野の知恵もたいしたことはない）

型どおりの布陣しかできぬ桐野の浅知恵を内心せせら笑った《鬼羅漢》の行く手に

は、だが、三郎兵衛と千鶴が立ち塞がる。

「儂らの前を通り抜けられると思うたか？　見くびられたものだのう、《葵》」

「全くでございます」

「いかがいたす？」

「八つ裂きにしとうございます」

言葉とともに抜きはなった大刀を、だが千鶴が青眼に構えるより早く、

「やぁあああ～ッ」

《鬼羅漢》めがけて突進した者がいる。

裁着袴《たっつけばかま》を着けた薫であった。柄《つか》が短く、刃の長い忍び刀は、五平の同輩からでも掠《かす》めてきたのだろう。

それを逆手《さかて》に構え、切っ尖は己の背後に向けている。

（これは――）

だが薫の姿をひと目見た途端、《鬼羅漢》は狂喜した。

（お誂《あつら》えの獲物が、よもや向こうから飛び込んできてくれるとは！）

《鬼羅漢》が狂喜した瞬間、薫の動きがピタリと止まった。

「あ……」

一瞬間、薫は戸惑った表情をしたが、しかる後その表情は一変し、

「はーっはっはっはっはっ……」

大哄笑が発せられた。

《鬼羅漢》が乗り移ったことは誰の目にも明らかであった。

「何故薫がここに？」

駆けつけてきた桐野は茫然と立ち尽くし、

「貴様のあとを追ってきたに決まっていよう、桐野」

薫――いや、実際には薫の中に入り込んだ《鬼羅漢》が嘲るように言い放つ。

「この者、どうやら貴様とは浅からぬ縁《えにし》の持ち主らしいのう」

「…………」

桐野は答えず火のような目で《鬼羅漢》を睨む。

「そして、この体が我が手中にある限り、貴様は私に手出しできぬ」

「そう思うか？」

だが桐野は無表情に問い返した。

「御前、別式女殿、お二方のどちらでもよいので、この者を始末してくだされ」

「よいのか？」

「かまいませぬ。私が自ら手を下すのはさすがに胸が痛みまするが、御両所の手にかかるのであれば、薫も本望でございましょう」

「では、《葵》がやれ。女子を斬るのは気が進まぬ」

「承知いたしました」

無感情な声音で言い、千鶴は薫の前に進み出る。

「そなたとは、短い間ながら別式女として共にあった。これもなにかの縁であろう」

言いつつゆっくりと青眼に構える。

僅かに切っ尖を下ろしつつ鋭く斬り上げると、
ギュン！

薫はそれを辛うじて受け止めた。

が、《鬼羅漢》は、あまり武術が得意ではないようで、受け止めるのが精一杯で、跳ね返すことはできない。

「ほ、本気か？　この者が死んでもいいのか、桐野？」

「死んでほしくはないが、いまこの場にて決めねばならぬとすれば、薫とともに貴様をここで葬ることこそが最上の一手だ」

「ば、馬鹿な……」

「ぎゃッ……」

　突如、主人を失って動きが鈍くなっていた松山の下女が悲鳴を上げてその場に倒れた。振り向きざま、桐野が抜き打ちに斬り捨てたのだ。

「ち、血迷ったか、桐野！　戻る先を失った私は、この先ずっとこの者の中に居続けねばならぬ。こ、この者は本当に命を失うぞ」

「人の手に負えぬ化け物を確実に葬れるのだと思えば、この上ない僥倖《ぎょうこう》だ」

「僥倖だ」

　薫の口から、思いがけぬ言葉が洩れた。

《鬼羅漢》の発したものではなかった。その証拠に、言葉を発した《鬼羅漢》自らが、そのとき驚きの表情を露わにした。

「馬鹿な……」

　明らかに、何が起こっているのかわからぬ様子であった。

「いいぞ、このまま私の体の中にいる化け物を殺せ」

　薫の口から、薫自身の言葉が発せられた。

（何故だ？）

「何故だかわからぬか？」

薫が、己の中にいる《鬼羅漢》に問う。

「お前が、私を殺さなかったからだ」

「思い出したのか、薫？」

という桐野の問いには軽く首を振り、

「師匠のことは思い出せない。でも、こいつのことは思い出した。何時《いつ》とは思い出せぬが、こいつはある日唐突に私の中に入り込み、私を使って何度も己の欲望を満たした」

強い口調で言葉を継いだ。

「たとえば、府中藩の蓉姫に仕立てたのは、藩の隠し金を奪い取るため。同様の手口で、警護の手薄な小藩の金蔵からしばしば大金を奪った」

薫の口調が強くなったのは、《鬼羅漢》の影響力が揺らいでいる証拠であろう。

「く、くそぅ……な、何故だ」

「これまでお前は、己が乗り移った者の命を尽《ことごと》く奪ってきた筈だ。私以外に二度三度と同じ者を使ったことはない筈——」

「な、何故わかる？」

薫の中の《鬼羅漢》は悔しげに顔を歪めた。

乗り移った者の体を完全に支配できない。これまで一度も経験したことのないこの違和感に、《鬼羅漢》は明らかに狼狽《うろた》え、焦っていた。

「同じ者を使えば、使われた際の記憶がその者に残ってしまうからだ。……私の中にはそれが残った。お前は、使い勝手のよい小娘程度にしか思っていなかったのだろうが、それが命取りとなったな」

「私を殺せば、お前も死ぬのだぞ」

「私は、己が何処の誰なのかもわからぬような者だ。そんな者がこの世に生きていたとて何の意味もない」

きっぱりと言い切ってから、

「師匠」

薫は桐野に破顔《わら》いかけた。

悲しいほどに、好い笑顔だった。

「思い出せなかったのは残念だけど、師匠からは、きっと沢山の恩をいただいたんだよね？」

「薫……」

「だったら、いいや。有り難う、師匠」

言うなり薫は、己の首の根に、忍び刀を突き立てた。

ザッ、
頸動脈が切断され、激しく血が飛沫《しぶ》く。

「ば、馬鹿な……」

《鬼羅漢》の息絶える声が聞こえた気がした瞬間、桐野は薫に駆け寄り、その傷口を強く押さえた。

「死ぬな」

咄嗟に本音が口をついた。

唯一の救いは、記憶を失っている薫が忍び刀の扱いに慣れていないことだ。血飛沫《しぶき》の量の割には、傷口はさほど深くない。

(こんなことで、死ぬな……)

桐野は懸命に祈り続けた。

《鬼羅漢》の正体が、桐野と同じ薬込め役だと知ったのはつい最近のことであった。おそらく年もそう変わらない。或いは顔見知りであったかもしれない。異能の者として甦《よみがえ》ってからは別人の如く面変わりしていたから、おそらく顔を見てもわからぬだろうが。

吉宗の江戸入り以前、内偵に入った先で捕らわれ、想像を絶する拷問をうけた。当然死を覚悟したが、何故か死なずにすんだ。

そのとき、人とは違う己の異能を認識したのだろう。

死にかけた際の想像を絶する苦痛が、その者に絶大な復讐心を植え付けたのだとしても無理はなかった。

「桐野殿」

薫の傷口を押さえたきりピクとも動かぬ桐野の背に、千鶴が声をかけた。

「急ぎ血止めをいたせば、薫殿はきっと助かります」

「………」

「千鶴には多少医術の心得もある。任せてみてはどうだ？」

三郎兵衛の声音は決して沈んではいなかった。それが、桐野にとって唯一の救いであった。

「では、お任せいたします」

差し伸べられた千鶴の手に薫を委ねたが、そのときには薫は既に息をしていない。

桐野にはそれがわかっていたが、委ねずにはいられなかった。せめてもう一度、一言でもいいから薫の声を聞きたい、と願った。

「薫は、何度も《鬼羅漢》に体を乗っ取られるうちに、己が何者なのかわからなくなっていったようでございます」

池ノ端《いけのはた》に、無言で佇《たたず》む三郎兵衛に向かって、桐野は淡々と言葉を継いだ。

三郎兵衛に向かって話しているというよりは、己を納得させるために確認しているかのようでもあった。

「他人に己の体を支配された経験のない私にはわかりかねますが、人の心を読むという仁王丸めの術も、やり過ぎればばかけられたほうは心を病みます。人の心を他人が操るというのは、おそらくそれほど危険な行為なのでございましょう」

無言のまま、三郎兵衛は僅かに顎《あご》を引いた。肯いたのだ。

「何時何処《どこ》で、どんな経緯《いきさつ》から《鬼羅漢》が薫を見出したのかそれはわかりませぬが、利用できると思うたのでしょう。薫が言ったとおり、《鬼羅漢》は傀儡に使った者の口から秘密が漏れることを嫌い、一度でも使った者は尽く始末しておりました。なかなか奴の足どりが摑めなかったのはそのせいでしょう。そんな《鬼羅漢》が、何故薫

※　※　※

に限って何度も使う気になったのか。奴にとって余程、使い勝手がよかったのでしょう」

「だがそちは、精神を鍛錬した武術の達人であれば、《鬼羅漢》に付け入られることはないと言った。そちの弟子である薫は、充分に鍛錬を積んでいた筈ではないのか」

漸く三郎兵衛が口を開いた。気鬱《きうつ》げな口調で、視線は池の水に落としたままだ。

「薫は、《傀儡》の二つ名で呼ばれるとおり、別の者になりきる際には、一旦完全に己を無くし、なにかに操られるが如くその者になりきっておりました。自らを、傀儡と化していたのでございます。そういう者は、《鬼羅漢》のような者にとって、与《くみ》し易き者だったのかもしれませぬ」

「つまり、己の強みが仇《あだ》となったわけか」

「御意」

「憐れよのう」

「…………」

「そういえば──」

三郎兵衛がふと顔をあげて桐野を顧みた。

「あれから《葵》が調べたところ、薫が大奥におる間に、上様のお側近くに仕える中﨟が二人、急な病で亡くなっているそうだ。薫の仕業かもしれぬな」

「かもしれませぬ」

微《かす》かに肯き、桐野はそっと目を伏せた。

憂いに満ちたその表情を見ると、三郎兵衛の心も少しく痛む。

（氷の如き心の持ち主も、弟子には情が移るとみえる）

「薫にとってそちは親も同然の者だ。なれば、親のそばで、親に見守られながら息を引き取ったことは、薫にとってせめてもの救いであろう」

或いは、三郎兵衛の言葉は桐野の心を一層苛《さいな》んだかもしれない。それでも三郎兵衛は、何か言わねば気がすまなかった。一旦黙り込んでしまうと、己の心まで深く沈み込んでしまいそうで、恐かった。

だが桐野はふと愁眉《しゅうび》を開くと、

「もし仮に薫と私が親子だとしたら、さしずめ野生の獣の親子でございます」

口辺《くちべ》に淡い笑みを滲ませた。

或る者にとっては慈母の微笑み。或る者にとっては城を傾ける美女の笑顔——。かつて薫に教え込んだものだ。

だが三郎兵衛は最早その微笑に見蕩《みと》れることはない。

「どういうことだ？」

「野生の獣は、子が一人前となるまでは懸命に育てますが、一人前となって巣立った後は一切関わりを持ちませぬ。……私と薫も、そんな関係でございます。今更、その死を悲しむなどあり得ませぬ」

「………」

「あり得ませぬ」

重ねて言うなり、桐野は卒然三郎兵衛に背を向けた。

そのまま闇に姿を消すのだとばかり思ったら、珍しく、しばしその場で逡巡したかのように見えた。両肩が、落ちている。

が、一瞬後には、その姿は闇に紛れた。

（屹度《きっと》、泣くのを堪えたのであろう）

再び足下の池に視線を落としながら、三郎兵衛はそう信じた。口ではなんと言おうと、子の死を悲しまぬ親はいない。

水に映る月が、微かに揺らいだかに見えたのは、或いは三郎兵衛の目が僅かに潤んでいたからかもしれない。

時代小説

二見時代小説文庫

狙《ねら》われた大奥《おおおく》 古来稀《こらいまれ》なる大目付《おおめつけ》11

二〇二四年 四 月二十五日 初版発行

著者 藤《ふじ》 水名子《みなこ》

発行所 株式会社 二見書房
〒一〇一-八四〇五
東京都千代田区神田三崎町二-一八-一一
電話 〇三-三五一五-二三一一［営業］
〇三-三五一五-二三一三［編集］
振替 〇〇一七〇-四-二六三九

印刷 株式会社 堀内印刷所
製本 株式会社 村上製本所

落丁・乱丁本はお取り替えいたします。定価は、カバーに表示してあります。

 ISBN978−4−576−24019−0
https://www.futami.co.jp/

牧 秀彦

南町 番外同心

シリーズ

以下続刊

① 南町 番外同心1 名無しの手練《てだれ》
② 南町 番外同心2 八丁堀の若様
③ 南町 番外同心3 清水家 影指南
④ 南町 番外同心4 幻の御世継ぎ
⑤ 南町 番外同心5 助っ人は若様

名奉行根岸《ねぎし》肥前守《ひぜんのかみ》の下、名無しの凄腕拳法番外同心誕生の発端は、御三卿《ごさんきょう》清水《しみず》徳川家の開かずの間《ま》から始まった。そこから聞こえる物《もの》の怪《け》の経文を耳にした菊千代《きくちよ》（将軍家斉《いえなり》の七男）は、物の怪退治の侍多数を拳のみで倒す〝手練〟の技に魅了され教えを乞うた。願いを知った松平定信《まつだいらさだのぶ》は、『耳嚢《みみぶくろ》』なる著作で物の怪にも詳しい名奉行の根岸にその手練との仲介を頼むと約した。「北町の爺様」と同じ時代を舞台に対を成すシリーズ！